U0924093

哈尼娅

·显克维奇卷·

【波】H.显克维奇◎著　王敏◎译

新星出版社 NEW STAR PRESS

图书在版编目（CIP）数据

哈尼娅 /（波）显克维奇著；王敏译. —北京：新星出版社，2013.1
ISBN 978-7-5133-0934-9
Ⅰ.①哈… Ⅱ.①显… ②王… Ⅲ.①长篇小说 - 波兰 - 现代
Ⅳ.①I513.45

中国版本图书馆CIP数据核字（2012）第252119号

哈尼娅
（波）H. 显克维奇 著 王敏 译

责任编辑：汪 欣
责任印制：韦 舰
封面设计：尚世视觉

出版发行：新星出版社
出 版 人：谢 刚
社 址：北京市西城区车公庄大街丙3号楼 100044
网 址：www.newstarpress.com
电 话：010-88310888
传 真：010-65270449
法律顾问：北京市大成律师事务所

读者服务：010-88310800 service@newstarpress.com
邮购地址：北京市西城区车公庄大街丙3号楼 100044

印 刷：三河市金元印装有限公司
开 本：700mm × 1000mm 1/16
印 张：16
字 数：180千字
版 次：2013 年 1 月第一版 2019 年 12 月第三次印刷
书 号：ISBN 978-7-5133-0934-9
定 价：32.00元

目录
Contents

目录
Contents

哈尼娅

Hania

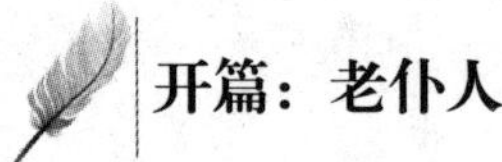

开篇：老仆人

除了老管家、监工和护林员之外，还有另一种人正在从这世界上渐渐消失，那就是老仆人。

在我儿时的记忆中，父母就被这样一个大块头服侍。在这些大块头百年之后，深埋在地下快被人遗忘时，又时不时地会有好事者把他们的故事挖掘出来。这位老仆人的名字叫米可拉·苏赫沃斯基，他从前是一个贵族，来自苏哈沃拉的贵族部落，这一点他经常在讲述自己的故事时提起。他从对我祖父的那段宝贵回忆中谈到我父亲，那时他还是拿破仑战役时期的一名勤务兵。他自己也记不清到底是什么时候开始服侍我祖父的了，当问到日期的时候，他吸了口鼻烟，然后回答道：

“是的，那时我还是个没长胡子的毛头小子，而上校也很年轻。”

在我父母的家里，他几乎履行了各种各样的职责。他是男管家，也是贴身仆人。夏季庄稼收获的时候他是监工，冬季又忙着去打谷脱粒。他保管着伏特加酒库、地窖和粮仓的钥匙，也会修理钟表。但最重要的是，他使这个家秩序井然。

我记忆最深刻的就是这个人的责备。他责备我父亲和母亲，即便我喜欢这个人，但是仍像害怕火焰一样的害怕他。在厨房，他完成了一整天的厨师工作之后，会揪着储藏室男孩的耳朵穿过屋子，而且对任何事都不会感到满意。当他微醺的时候，这样的事一周发生一次，所有人都躲着他，不是因为他能让自己对着男主人和女主人说脏话，而是因为一旦他粘上了谁，那个人就会被跟上一整天，接受没完没了的唠叨和责备。

在吃晚饭的时候，他站在我父亲的餐椅后面，而且，即便他不需要服侍的时候，他也盯着那个正在服侍主人的人，他对这种毒药般的生活具有别样的热情。

“小心点，小心点！”他咕哝着说，“否则我要你好看。看看他！他就不能服侍得快点，拖后腿，像头游行的老奶牛。我说小心点！他没听见主人正在叫他吗，为小姐换一下她的盘子。你为什么在发呆？为什么？看看他！快看看他！”

他在饭桌上不停地插话，并且总是反对一切。经常发生的一幕是，我父亲在吃饭的时候转身对他说：

“米可拉，晚饭后告诉马图斯去牵几匹马，我们要去某某地方。”

“骑马！为什么不骑马？哦耶！但是，马不是用来骑的吗？让可怜的马儿在这样的路上跑断腿。要是有需要的拜访，那必须去。当然他们的领地是自由的，我需要阻止他们吗？不需要阻止。为什么不去拜访？算账可以等，打谷可以等。这次拜访不能等。”

“和米可拉在一起真是一种折磨！”我父亲有时候没有耐心地喊道。

但是米可拉又开始说了：

“我说了我不笨了吗？我知道我很笨。管家已经去内渥多市向牧师的女管家求爱了，为什么主人不能继续他的拜访？难道这种拜访不如向女管家求爱重要吗？如果仆人可以被允许去做他想做的事，那么主人也能够被允许。”

由此进入无意义的老生常谈的怪圈。

好吧，就像我已经说过的，我和我的弟弟都害怕他，这种惧怕几乎超过了我们的家庭教师路德维克，更超过了我们的父母。他对待我的妹妹们很礼貌，他叫她们每一个人“您”，尽管她们比我们年纪小，但是他却不顾礼节地叫我们“你”。对于我来说，他有一种特别的魅力：总是把枪装在口袋里。经常发生的事是，我在下课后溜进储藏室，尽我所能地向他亲切友好地微笑，然后有些胆怯地说：

“米可拉！希望米可拉今天过得愉快。米可拉今天擦手枪了吗？”

“亨瑞克在这儿想干吗？我得准备一块抹布，就这样。”

然后他就开始嘲笑着对我说：“米可拉！米可拉！当你想要玩这枪的时候，米可拉就是个好人，当你不想玩的时候，就把米可拉丢出去喂狼。你应该好好地学习，要不然玩枪也不能让你长心眼儿。”

“我已经写完作业了。”我几乎要哭出来着说。

“写完作业了！嗯！写完了！他一直学一直学，但是脑子仍就像个空桶。我不会给你玩这手枪了，就这样。”（在说这话的时候，他摸索了一下口袋）“但是这手枪如果被谁盯上了，米可拉就一直带着它。该责怪谁呢？米可拉。是谁让这孩子学枪呢？米可拉。”

一边这么喋喋不休地责备着，他走进我父亲的房间，摘下手枪，吹掉上面的灰尘。接着，他点燃一根蜡烛，把帽盖在枪口，然后让我瞄准。一般在这个时候，我内心都承受着巨大的压力。

“这孩子是怎么拿枪的！”他说，“嗯！像个剪头发的。你是怎么熄灭蜡烛的，能不能不要像个老头儿熄灭教堂的蜡烛那样？你应该做个牧师，背诵《圣母经》，但成不了军人。”他用自己的方式教导我们当年的战争艺术。通常在晚饭之后，我和弟弟就在他的眼皮底下学习如何走军步，同我们一起练习的还有路德维克神父，他的步伐非常有趣。

这时米可拉就会皱着眉头看着牧师，即使他害怕牧师甚过于其他任何人，但还是控制不住地说：

“嗨！”他说道，“某些人优雅的军步走起来就像一头老母牛。”

我是哥哥，常常受他的摆布，所以受苦最多。但是当我被送进学校上学的时候，老米可拉泪流不止，好像天塌下来了一样。父母跟我说他变得更容易生气了，连着生了他们两个礼拜的气。

“他们把这孩子带走了，”他说，“即便这孩子死在那儿！天哪！但是他能从学校学到什么？难道他不是继承人吗？他会学拉丁语吗？他们想把这孩子变成一个聪明人儿，这是多么愚蠢的想法啊！孩子已经走了，走远了，而你这个老人，还缩在角落回味这孩子的余温。鬼知道事情为什么变成这样。”

记得我第一次放假回家的时候，家里所有的人都还在睡觉。那是刚刚黎明的时候，清晨的空气清冷，空中飘着雪花。庭院里的桔槔在汲水时发出吱吱的声响，看门狗一声声地叫唤着打破黎明的寂静。房间的百叶窗都关着，但是厨房里的窗户闪着明亮的光，把旁边的墙面映上一抹玫瑰色。我走进屋子，疲惫而又沮丧，心中带着一丝害怕，因为我拿高分的功课并没有什么过人之处。这种无助的感觉一直都在，直到我找到了自己的定位，直到我长大了能够习惯各种惯例和学校制度。我害怕父亲，我害怕牧师严厉而又毫无表情的脸，是他把我从华沙带来的。我从他们任何一方都得不到安慰。最后，我看见厨房的门打开了，鼻头冻得红红的老米可拉缩着身子穿过雪地，手上的托盘里放着热气腾腾的奶酪锅。当他看到我的时候，他喊道："哦，金色的小潘尼奇！我最亲爱的孩子！"接着，他快速地放下托盘，把两个锅子反过来，搂着我的脖子开始紧紧地拥抱和亲吻。此后他总是叫我小潘尼奇。

从那以后的整整两个礼拜，他都因为奶酪的事不能原谅我："一个男人悄悄地为自己拿了块奶酪，这孩子还跟着。他可真会挑时候出现。"诸如此类。

父亲想要打我，或者至少他嚷嚷着要这么做，因为我拿到了两个中等分数，一门是书法，一门是德语。我一边哭着保证下次会考好，一边母亲也在从中说着好话，最后，由米可拉挑起的麻烦又由他制止了。米可拉可不懂书法是什么创作，也不知道为什么会因为德语——他听都没听过的语言——而处罚一个人。

"好吧，"他说，"这孩子是参加路德教了吗，还是什么施瓦布？我尊敬的上校懂德语吗？或者主人他自己（这个时候他转向父亲）懂德语？我们在……那叫什么地方？在莱比锡城遇到德军，鬼才知道我们攻打他们的时候都不会说德语，但是德国人还不是被我们灰溜溜地赶跑了。"

老米可拉又多了一个怪癖：他很少提起自己从前的打仗经历，但是在需要片刻幽默的时候他就会这么说了，撒谎撒得还真像那么回事。从教义上来说，他不应该撒谎，但是在他的脑子里，似乎事实已经混在一起了，还形成了一种奇妙的均衡。无论听说什么早年间的军事征战，他都能适用于自己和我的祖父，也就是他的上校。并且，他虔诚地相信自己所说的全部。

有时候在谷仓，他一边监督农民计算打麦的费用，一边就开始讲故事了。这时候人们就停下工作，坐在连枷上休息，在听到精彩之处惊奇地张大嘴。而他就会注意到他们，并且喊道："为什么你们张着大嘴看着我，就像个大炮一样？"

然后就听到："噜噗！蹴噗！噜噗！蹴噗！"

这种连枷的声音在打麦场上响了一段时间，但是过了一会儿米可拉又开始说了："我儿子给我写信了，说他刚刚被帕米拉女王封为上将了。他在那边有很好的职位，又有很高的薪水，但是那个城市偏偏总是有可怕的霜冻……"

我可能提到过，这个老头在教育孩子方面是不成功的。他是有个儿子，这是事实，但是一无是处，这个孩子在长大以后闯了很多的祸，最后消失得无影无踪。米可拉的女儿在做姑娘的时候，就同村里所有的官员调情，来者不拒。最后她死了，还留下了个女儿。这个女儿的名字叫哈尼娅，她大概和我同岁，是个漂亮而又纤弱的小女孩。记得我们经常玩士兵游戏。哈尼娅是一名鼓手，但是对于我们的敌人来说她是个麻烦的人。她性格很好，温和得像一个天使。世上有充满苦痛的命运在等待着她，但是目前对于我们来说却无关痛痒。

回到这个老头的故事。有一次，我听到他讲当年枪骑士们的马在马丽安堡惊慌四逃的情景。一万八千多匹马从华沙城大门一拥而入。"很多人被踩死了，"他说，"直到它们被逮住后才太平下来，你可以很容易想象到那场景”。还有一次，他在宅子里，尽管不是在谷仓了，对我们说了以下的话：

“我们的仗打得漂亮吗？为什么我们不能打得漂亮点？记得有一次我们同澳大利亚军队开战，我站在列队中，再重申一遍，我站在列队中，旁边是总司令的座驾。我军好像是从澳大利亚军队那边，也就是从敌方，得到了一个口信。‘嗨，苏赫沃斯基，’总司令说，‘我知道你！只要能追上你，我们就能结束这整个战争了。’”

“可是他没提过上校吗？”我父亲问道。

“当然提到了！因为总司令特意地跟我说是‘你和上校’。”

路德维克神父不耐烦地说：

“得了吧，米可拉，你说谎说得好像真能捞到什么好处一样。”

老头皱着眉头想要反驳，但是他对路德维克神父既害怕又敬畏，所以什么都没说。但是过了一会儿，等气氛好转之后，他又继续说：

“森克鲁特斯基神父也这么说我。有一次，我被澳大利亚人刺中一刀，就在第五根肋骨那儿，当时的状况很糟。我想我是死定了，所以就在森克鲁特斯基神父面前向万能的主忏悔自己所有的罪过。森克鲁特斯基神父一直静静地听着，最后他说：‘敬畏主吧，米可拉，你已经把知道的全部谎话都告诉我了。’然后我说：‘可能是吧，因为我什么都记不得了’。”

“是他们治好你的吧？”

“治好？他们怎么治好我？是我治好了自己。我当时把两袋药粉搅和在一起放到一夸脱伏特加中，晚上就喝了，第二天早晨醒来的时候就又生龙活虎了。”

我已经听了很多像这样的故事了，但是不知道为什么，路德维克神父禁止米可拉这样地“胡说八道”，他要“完全杜绝”。作为一位牧师和一个内向的乡下人，可怜的路德维克神父不知道的是，首先，每一个年轻人，当暴风雨席卷了他安静单纯的角落，把他吹进广阔天地的时候，他都必须不止一次地被洗脑；其次，并不是老仆人和他的故事把他洗脑了，而是其他什么人。

这么说来，米可拉并没有给我们带来不好的影响，相反，这个老头细心又严格地照管着我们。从完全意义上说，他是一个尽责的人。战争岁月使他保持了一种很好的品质：执行命令时拥有责任心和准确度。

记得有一年冬天，野狼给我们带来了很大的麻烦，它们太无法无天了，先是有几只在晚上溜进村庄搞破坏，慢慢地就开始大量涌入。我父亲是一个天生的猎手，他想安排一场盛大的狩猎活动，但是当他知道狩猎指令是由我们的邻居潘·奥斯崔斯基——一位出名的狩狼专家发出后，他就开始焦虑了，于是他写了一封信给这位专家，并叫来米可拉说：

“佃户要去镇上，你跟他一块去，在离开奥斯崔锡附近的路上，把这封信交给潘·奥斯崔斯基。让他务必给我个回信，如果没有回信的话就别回来见我。”

米可拉带着信，和佃户一起钻进马车就走了。晚上的时候，佃户回来了，可米可拉没有跟他一起回来。父亲想着他可能是留在奥斯崔锡过夜了，第二天就会回来。就这样过了一天，米可拉没有回来，又过了一天，还是没有回来，已经过了三天了，仍然没有他的人影儿。家里的气氛开始沉重起来。父亲担心他是在回家的路上被狼群袭击了，就派人去找他。大家找了半天也没看到半个人影儿。父亲于是又派人去了奥斯崔锡。在奥斯崔锡，有人说他到过那儿，但是他并没找到潘·奥斯崔斯基。他询问过在哪里能找潘·奥斯崔斯基，然后就从侍从那儿借了四个卢布走了，不知所踪。这是什么意思？慢慢想去吧。

第二天，派去其他村子寻找的人传来消息，说他们找遍了所有地方都没发现米可拉，我们就开始为他恸哭了。在第六天晚上，在书房处理事情的父亲听到门外传来的嚓嚓的脚步声，还有谁在压低了嗓子抱怨，他立刻就认出了米可拉。

是真的，就是米可拉，全身冰冷、疲惫、瘦弱，还有冰碴儿挂在胡子上，几乎都认不出他来了。

“米可拉！感谢万能的主！你这段时间跑到哪里去了？”

“我去干吗了？我去干吗了？”米可拉喃喃地说，“我是打算去干什么的？潘·奥斯崔斯基不在家，去布京了，我就去布京找他。到了布京，他们告诉我说，真见鬼，潘·奥斯崔斯基已经去了卡热洛夫卡，于是我也往那里去了，可是他却从卡热洛夫卡离开了。谁说他不能自由地乱逛？人家也是个主人。还有，他不是徒步走的。‘非常好’我说，我从卡热洛夫卡去了首都，因为他们说他在那儿。他在首都做什么生意啊？他是市长吗？他去了镇上了，那我能回来吗？于是，我就去了镇上把信交给他。”

“好吧，他给你回信了吗？”

“他回了，也算是没回。他写了回信，但是他笑得连我都能看见他的后牙槽。‘你的主人’，他说，‘邀请我上周四去狩猎，但是你却在这周一才把信交给我。现在狩猎已经完毕了。’然后他又笑了起来。给你，这就是回信，他怎么能不笑呢？”

“不过这些日子你都怎么吃饭的？”

“哦，要是我说从昨天起就没吃过东西又能怎么样呢？我现在饿不饿？带了丁点的食物没有？要是我还没吃饭，那就应该吃点了。”

从那以后，再没有人给米可拉发出无条件的吩咐了。通常他被派去什么地方办事的时候，临行前我们会告诉他该怎么做，以防要找的那个人不在家。

又过了几个月，米可拉要去隔壁镇的集市上买马，因为他看马的眼光非常准。晚上的时候，管家进来说米可拉已经买到马了，但是回来的时候他被打了，不好意思出来见人。父亲立刻去找了米可拉。

“出了什么事，米可拉？”

“我打架了！”他随口就说。

“觉得羞愧吗，老头儿？非得在集市上闹事吗？怎么一点意识都没有。年纪一大把了还办蠢事！难道你不知道我曾经因为这种鬼把戏解雇过一个人吗？知道羞愧了吧，一定是你喝醉了才办出这样的蠢事”。

父亲真的是气坏了，一点都不开玩笑。但是出乎意料的是，一般在这种情况下米可拉还知道反驳几句，可这次他却安静得像块木头。很明显，这老头变得固执了，任其他人白费力气地问他这一切是怎么发生的，问题出在哪儿？他只是哼一声，然后一句话也不说。

这次大家真的是惹到米可拉了。第二天早晨，他病了，我们叫来了医生。医生是头一个向我们解释整件事的人。原来在一个礼拜之前，父亲同工头吵起来了。这个工头第二天就跑了，投靠了潘·佐，是被父亲视为敌人的德国人，并且参了军。那天在集市上出现的是潘·佐、我们的前任工头以及要把牛赶到集市上去卖的潘·佐的下人。

潘·佐先看到了米可拉。他走近米可拉的马车，开始辱骂我父亲。米可拉骂他是个叛徒，当潘·佐对我父亲又开始骂骂咧咧的时候，米可拉用他的鞭子回击。后来，工头和潘·佐的下人们一起扑向米可拉，直到把他打得头破血流才罢手。

当父亲听到这一切的时候，他流泪了。他不能原谅自己那样地责骂米可拉，而米可拉却安静地听着只字不提。

当米可拉身体恢复了，父亲前去看他。这个老头在开始的时候还是不肯说实话，习惯性地一直嘟嘟囔囔。之后他的声音柔和起来，最后和父亲抱头痛哭。接下来，父亲因为这件事向潘·佐发起挑战，这场决斗给了德国人一个教训。

要不是医生把这事告诉我们，米可拉的忠心还是不为人所知的。但是在很长一段时间里，米可拉都讨厌那个医生。原因如下：

我有一个年轻漂亮的姑姑，和我们住在一起。我非常爱她，因为她容貌美丽，心地又善良。毫无疑问她得到了我们所有人的爱，包括这个医生，这个年轻、头脑聪明，在村里受到大家尊敬的医生。刚开始的时候，米可拉喜欢这个医生，说他是个聪明的家伙，骑术也很好，但是当医生开始带着接近玛丽尼亚姑姑的明显意图拜访我们的时候，米可拉对他的感觉就变得面无全非了。他开始对医生彬彬有礼，但是态度十分冷淡，就像对待一个陌生人一样。他曾经对医生说过难听话。当医生在我们这待的时间过长的时候，米可拉就开始准备送客了，嘴里嘟囔着："大晚上的有什么可拜访的？又没什么东西可招待。还真有人有这种爱好！"然后他就不再叨叨，安静得像一块石头。老实的医生很快就明白过来这是什么意思，虽然他还是像从前一样对着这个老头儿亲切地微笑，但是我想他心里一定是讨厌他的。

不过，幸运的是，玛丽尼亚姑姑对这个年轻医生的感觉是同米可拉截然相反的。有一天晚上，柔和的月光照亮了大厅，窗外飘来阵阵茉莉清香。玛丽尼亚姑姑坐在钢琴前唱着歌曲。斯坦尼斯洛夫医生慢慢地靠近她，用激动而又颤抖的语调向她倾诉衷肠，姑姑显然还不能相信这一切是真的，随后两人山盟海誓、指月为证。

不巧的是，米可拉恰好在这个时候叫他们去喝茶。当他看到这一幕后，立刻跑去父亲那里，可是父亲当时在附近散步没在家。他就去找了母亲，母亲带着一贯温柔的微笑告诫他不要管这件事。

米可拉顿时安静下来，可内心仍十分纠结，当父亲临睡前去书房写一些信件的时候，米可拉就跟着他，并在门口停下，大声地咳嗽和跺脚。

“想要说什么，米可拉？”父亲问。

“可是——别人会怎么说这事啊？——我就是想问问，我们的小姐是不是真的要娶——丈夫——我想说是不是要嫁人了？”

“是的，怎么了？”

“但小姐不会是和那个剪头发的结婚吧？”

“什么剪头发的？米可拉，你疯了吗？别胡说八道的。”

“但是小姐她难道不是我们的小姐吗？不是尊敬的上校大人的女儿吗？上校大人不会允许她这么做的。难道小姐不值得找一个有权有势的继承人吗？但是那个医生，请允许我这么说他，他是什么人？小姐会被人笑话的。”

“那个医生是个聪明人。”

“什么聪不聪明的，难道我没见过医生吗？他们过去常常在营地转来转去，但是真有什么事发生了，比如打仗了，他们就消失了。上校大人不是叫他们‘柳叶刀家伙’吗？一个人健健康康的时候，医生不会去碰他，当他半死不活的时候，医生就会带着柳叶刀去找他了。在自己不能保护自己的时候挨刀可不是闹着玩的，手上啥都没有。怎么不试试在身体健康手上拿枪的时候拿着柳叶刀去找他。哦耶！拿着把小刀来检查人的骨头真是个大事！一点好处都没有！如果上校大人知道这事的话他会气得从坟墓中爬起来的。医生是什么军人？或者这个人是个继承人吗？都不是！小姐不能嫁给他。这跟命令无关。他是什么人，竟然仰慕小姐？”

对于米可拉来说，不幸的是，这个医生不仅仰慕小姐，甚至得到了她。半年之后，他们举行了婚礼。除了米可拉，亲戚和仆人们都泪眼婆娑，注视着小姐和这个医生携手共度余生。

米可拉一点都不怨恨小姐，因为他太爱这位小姐了，但是他不能原谅那个医生。他几乎没提过这个医生的名字，一般也不说起他的事。顺便说一下，玛丽尼亚姑姑同斯坦尼斯洛夫医生过得很幸福。

一年以后，他们生了个漂亮的男孩，过了一年又生了个女孩，再一年又生了个男孩，好像命中注定一样。米可拉像待自己的孩子一样爱他们，把他们搂在怀里，又是抚摸又是亲。但是一想到玛丽尼亚姑姑不门当户对的婚姻，他心里还是有点生气的，这一点我注意到不止一次了。

有一年的圣诞节前夜，大家聚集在一起过节，突然听到路上传来马车的声音。我们经常盼望着一些亲戚能来，因此父亲说：

“让米可拉出去看看是谁来了。”

米可拉出去了，不一会儿就笑呵呵地回来了。

“是小姐来啦！”他老远地就喊道。

“谁？”父亲问道，虽然他已经知道米可拉说的是谁。

“是小姐。”

“什么小姐？”

“我们的小姐啊？”

当她带着三个孩子进来的时候真是一道风景。真是个漂亮的可人儿！但是老头儿还是照自己的方式叫她“小姐”，别无其他。

最终，他对斯坦尼斯洛夫医生的厌恶感还是消失了。哈尼娅得了很重的伤寒，我也感到非常的难过，因为我们两人年纪相当，她是我唯一的玩伴，我几乎像对待妹妹一样爱她。斯坦尼斯洛夫医生几乎整整三天没有离开她的房间。视哈尼娅如生命的老头儿来回地踱步，好像中毒了一样，他不吃不喝地呆坐在她房间的门口。除了母亲，谁都不允许靠近她的床。老头儿忍受着撕心裂肺的痛苦。他是一个意志坚强的人，可以忍受体力上的所有折磨和不幸，但是在唯一的孙女的病床前，那种绝望几乎要摧毁了他。在经过很多天的煎熬之后，斯坦尼斯洛夫医生平静地打开了女孩的房门，脸上带着喜悦，对那些在隔壁房间等着他的宣判的人说了简短的一句话：“得救了。”老头儿再也抑制不住了，他像疯了一样的拜倒在医生的脚下哭吼，呜咽着重复一句话：“恩人啊，我的恩人啊！”

哈尼娅很快就康复了。显然，自从那以后斯坦尼斯洛夫医生已经成为老头儿的主心骨。

“真是个聪明人！”他拍着自己的肚子又说了一遍，“是个聪明的人。马术也很好，要不是他，哈尼娅她——噢！我不能再提起这事了。”

大概一年后，老头儿的身体垮下来了，身板儿不再笔挺有力。他真的老了，不唠叨了，也不胡说八道了。在快九十岁的时候，他完全变成了个孩子。每天就是捕鸟玩，在自己的房间关了很多的鸟，特别是山雀。

去世前的几天，他已经不认得大家了。去世那天，他出现了回光返照。我记得这事，因为我父母那时候出国了，为了给母亲看病。一天晚上，我和弟弟卡泽欧，还有同样老态龙钟的牧师一起坐在火旁。冬季的寒风卷起雪花拍打着窗户。路德维克神父祷告着，而我在卡泽欧的帮助下正为了初雪后的打猎准备工具。突然间，他们告诉我说老米可拉要不行了。路德维克神父立刻赶往教堂为他准备圣礼。我飞奔到老头儿的身边，看到他躺在床上，灰白的脸庞，泛黄的皮肤，身体几乎要僵硬了，但是头脑还有意识。

光秃秃的脑袋看起来还不错，上面留有两条疤，为他军人生涯和忠诚的仆人生涯留下了痕迹。蜡烛在墙壁上投射出一种葬礼般的光芒。山雀在角落里啾啾地叫。老头儿用一只手把十字架放在胸口上。另一只手被苍白的像百合花一样的哈尼娅紧紧地握着，不断地亲吻。

路德维克神父走进来开始告解，然后这个奄奄一息的老头儿问起了我。

“我的男主人不在这，女主人也不在，”他喃喃说道，“所以死亡对于我来说太痛苦了。但是你，我金色的小潘尼奇，这个家的继承人——做这个孤儿的监护人吧——上帝会感激你的。别生我的气——要是我曾经冒犯了你——原谅我。我嘴上不饶人，但是心是忠诚的。”

再一次清醒过来的时候，他突然间用一种奇怪而又急促的语调喊着，呼吸好像很困难。

“潘！——这个家的继承人！——我可怜的孤儿啊！——噢，上帝——走进你的（殿堂）——”

“上帝保佑我勇敢的战士，这个忠心的仆人和可靠的人！”路德维克神父庄严地说。

老头儿再也不能活过来了。

我们跪下，牧师开始为死者大声地祷告。

从那以后，二十年过去了。这个忠诚的老仆人墓前的石楠花已经花繁叶茂了。

暗淡的日子来了，一场暴风雨席卷了我神圣而又宁静的村庄。如今，路德维克神父已经过世了，玛丽尼亚姑姑也过世了，我靠写作来糊口度日，而哈尼娅她——

唉！眼泪止不住地掉下来！

第一章

当老米可拉在临终前把哈尼娅托付给我的时候，我才十六岁，而她差不多比我小一岁，也是刚刚褪掉了童年的稚气。

我几乎是强制性地把她从爷爷的病床前拖走，一起去了教堂。教堂的门开着，圣母像的前面燃着两只蜡烛。微弱的烛光映亮了圣坛周围的黑暗。我们互相依靠着跪了下来。遭受丧亲之痛，哭到疲倦，彻夜无眠的她把可怜的小脑袋靠在我的胳膊上，我们就一直这样静静地待着。夜深了，在连接教堂的大厅里，丹斯老钟上布谷鸟在嘶哑地叫着报时，已经午夜两点了。到处都是一片寂静，只是哈尼娅悲哀的叹息，以及有时远处刮来的风卷起雪花拍打在教堂窗棂上的声音打破了这种宁静。我一句安慰的话也不敢说，只是把她拉近我，作为监护人，或者兄长。此刻我不能祷告，因为很多的感想和感受撞击着我的大脑和心灵，各种画面扫过眼前。但是渐渐地，我从这种思想的旋涡中脱离出来，一个念头和感受呈现在面前，那就是，这个靠在我臂弯紧闭着双眼的苍白脸庞、这个无助可怜的小东西现在已经成为我最亲爱的妹妹了，为了她，我可以交出一生，只要她要求，我会向整个世界宣战。

这时，我的弟弟卡泽欧出现了，在我俩的后面跪下，旁边挨着路德维克神父和一些仆人。跟每天的习惯一样，我们开始晚祷：路德维克神父大声地念着祈祷词，我们重复他说的话，或者是回答祷文。圣母用她昏暗的脸庞亲切地看着我们，脸颊上留着两条刀痕。她好像已经融入到了我们家人的忧虑和情感之中，同我们一起欢乐或者体味不幸，保佑着我们这些膜拜在她脚下的人。

在祷告期间，当路德维克神父开始悼念死者的时候，我们会重复“永远安息”，并且把这个词和米可拉的名字连起来。这时候，哈尼娅又一次大哭起来，我心中暗暗发誓，一定会完成死者给予我的重托，即便它会让我付出最大的代价。

这只是一个热血青年的誓言，他也许还不知道将要作出多大的牺牲，承担多大的责任，但是他不能没有这种灵魂上的高尚冲动和情感传递。

晚祷之后，我们就分开去休息了。在哈尼娅将来要住的房间（不是衣柜间）里，我把教导哈尼娅的职责交给了老管家温格鲁西亚，她整晚都会跟这个孩子待在一起。动情地亲了亲这个孤儿，我走到商行，在那儿，我、卡泽欧和路德维克神父都有一个被当作临时住处的房间。我脱掉衣服躺在床上。尽管还在为了挚爱的米可拉而感到悲伤，但是我为自己成为监护人的角色而感到骄傲和高兴。在我的眼中，这意味着一个十六岁的男孩将会成为一个柔弱无助孩子的依靠。我感觉自己已经长大了。“你不会错的，这个忠诚的老兵，”我想，“把孙女的未来托付到你年轻的主人和继承人手中吧，这样你会得到安息的。”

事实上，我正在平静地接手哈尼娅将来的生活。那时候，我还没有考虑到哈尼娅会适时地长大，而我到时需要给她找个好人家。我想着她会一直待在我身边，像妹妹一般备受重视和关爱，也许会遇到伤心事，但是日子过得平淡。按照传统的习俗，长子将会得到比其他年幼的家庭成员五倍多的财产。对于年幼的儿子和女儿来说，他们也都遵从这一习俗，从不违背。尽管我们的家族没有法律意识上的“长子继承权”，但由于我是这个家庭的长子，会得到大部分的财产，所以，即便还是个学生，我也会把这财产视为己有。父亲是当地最富有的业主之一。同显贵家的财富相比，我们家并不起眼，这是事实，但是同多数需要节衣缩食度日的旧贵族来说，我们可以像这样一辈子过着平静富足的生活。将来，我会变得相当富有的，所以我冷静地迎接自己以及哈尼娅的将来，我知道，无论怎样的命运在等待着她，只要她需要帮助的时候，都会得到我的庇护和支持。

抱着这些念头，我睡着了，第二天早晨就开始履行监护人的责任。可是我当时是用了多么荒唐和孩子气的方法啊！以致现在每每想起的时候，内心都抑制不住地燃起温情。

当卡泽欧和我一起吃早餐的时候，我们在餐桌前看到路德维克神父、家庭教师德叶维斯夫人，还有我的两个妹妹，这两个孩子像往常一样坐在高藤椅上晃着脚丫，快乐地说着话。

我带着不同寻常的严肃坐在父亲的扶手椅上，用主人般的眼神瞥了一下桌面，然后转向侍从，用一种尖锐和命令的口吻说：

“给潘娜·哈尼娅拿个盘子过来。”

我刻意地咬重“潘娜”这个词。这种事之前从没发生过。哈尼娅通常是在衣柜间吃饭，即便我父母希望她能同我们坐在一起，但老米可拉从不允许。“那样子有什么好？应该让她对主人表示尊重。她还需要点什么？”而现在，我提出了一个新的习惯。善良的路德维克神父笑了，用吸鼻烟的动作和丝质手帕掩盖了他的笑容。潘妮·德叶维斯夫人做了个鬼脸，因为即便她有颗善良的心，但作为法国一个古老贵族的后人，她还是有着根深蒂固的贵族情结。侍从弗兰尼克张大了嘴用惊讶的神情盯着我看。

“给潘娜·哈尼娅拿个盘子过来！你没听到吗？”我又一次说道。

“遵命，我尊贵的主人。”弗兰尼克回答，他突然被我的语气吓到了。

今天，我承认我这个尊贵的主人因为他的一声尊称，使我不能抑制住地满意微笑，这是一生中第一次有人这么称呼我。但是，“尊贵”不允许我这个主人轻易微笑。

这时候，盘子准备好了。门立刻被打开了，我看到哈尼娅走了进来，穿着女仆人和管家为她晚上穿而准备的黑色的长袍。她面容苍白，眼角挂着泪痕，金色的长发顺着裙子垂下来，发尾绕着黑色的缎带。

我站起身，赶忙把这孩子领到餐桌前。我的这番努力和隆重似乎使她感到局促不安，给她带来了困惑和苦恼。但是，我那时候并不理解的是，在一个安静、孤单、杳无人迹的角落待着要比在朋友们的大声喧闹的场合要好得多，即便这些都是真挚的朋友。所以，我在用自己的监护权折磨着哈尼娅，还认为自己在很完美地履行职责。哈尼娅一直沉默，只是时不时地回答我询问她吃什么、喝什么的问题。

“不要了，感谢少东家的照顾。”

我被那句“感谢少东家的照顾”刺痛了，因为哈尼娅之前很信任我，总是叫我的小名潘尼奇（少东家）。但自从昨天，仅仅由于我所扮演的位置，就改变了我和她之间的关系，这一切使哈尼娅变得更加胆怯和顺从了。

早餐一结束，我就把她拉到一边。

“哈尼娅，记住从今往后你就是我的妹妹。永远不要对我说‘感谢少东家的照顾’。”

“我不会这样说了，感谢……我不会再说了，潘尼奇。”

我处在一个奇怪的位置上。我和她一起穿过房间，却不知该说些什么。按说我应该安慰她，但是那样的话，我就得提起米可拉和他的去世，这样只会让哈尼娅掉眼泪，让她又一次地遭受痛苦。所以我断掉这个念头，和她一起在房间尽头的矮沙发上坐下，这个孩子把头靠在我的肩膀上，我开始抚摸她金色的头发。

她真的像依偎哥哥一样依偎着我，也许是心中燃起了甜蜜的信任感，她又掉眼泪了。她哭得很厉害，我尽可能地安慰着她。

“你又在哭了，哈尼娅，”我说，“祖父在天堂看着你呢，我们应该——”

我也说不下去了，眼泪在眼眶中打转儿。

“潘尼奇，我可以去看看祖父吗？”她呜咽着说。

我知道棺材已经到了，他们正在把米可拉的尸体放进去。我希望一切安排妥当后才让哈尼娅看到，所以就自己过去了。

在路上，我遇见了被拜托等着我的潘妮·德叶维斯，因为我想跟她说几句话。在发出开始举行葬礼的最后命令，并在米可拉遗体前祷告之后，我朝这个法国女人转过身，在经过简短的介绍之后，我询问她是否能够在服丧期之后抽时间教哈尼娅学习法语和音乐。

“亨瑞克先生，”潘妮·德叶维斯说，她突然变得很生气，因为我正在滔滔不绝地给她安排所有的事情，“我很愿意这么做，因为我也非常喜欢那个姑娘，但是我不知道这个安排是否得到过你父母的同意，而且，我也不知道他们是否承认你现在按照自己的意愿要在家里给这个女孩的名分。不要太过火了，亨瑞克先生。”

“她是由我来照管的，”我骄傲地说，“我要对她负责任。”

“但是我不受你的照管，因此，你得允许我在你父母回来之后才能答复。”

这个法国女人的拒绝惹恼了我，但是我在路德维克神父那里却成功了。这个善良的牧师在很早的时候就开始教哈尼娅了，他在帮助哈尼娅得到长远教育的同时，还夸奖了我的热心肠。

“我知道，”他说，“虽然你还年轻，仍然是个孩子，但是你在很认真地履行自己的职责。这是对你的表扬，要记住永远保持一颗火热的心。”

我知道牧师对我感到很满意。我所扮演的主人角色并不让他生气，反而高兴。老牧师知道我有很多孩子气的行为，但动机是真诚的，所以他为我感到骄傲，为我没有忘记他的教诲而感到欣慰。另外，老牧师非常地爱我。对于我来说，在成年的过程中能说服他的那种喜悦感，要和孩童时期对他的惧怕一样多。对于我来说，他有个弱点，所以会接受我的建议。哈尼娅也是他最爱的人，他非常高兴能够尽自己微薄之力改善她的生活。所以，我的建议并没有遭到完全的反对。

潘妮·德叶维斯夫人真的是很善良，即使她对我的所作所为有些生气，但是见到哈尼娅时还是很温柔。的确，这个孤儿没有理由抱怨大家缺乏爱心。我们的仆人开始对她另眼相待了，不是当作同事一样地看待，而是把她当成一位小姐。一个家族长子的意愿，即便他还是个孩子，也是非常受到大家尊重的。这是父亲所强制要求的。对于长子的意愿，可以有向老主人和夫人申诉的权利，但是没有人敢于在不经过允许的情况下违背这个意愿。另外，像小时候那样称呼长子为“潘尼奇”（少东家）也是不合规矩的。仆人们和家族里的年幼成员被教育说要对潘尼奇尊敬，这种尊敬将会伴随他的一生。“家族的传统就是靠这种规矩来支撑的。”父亲说。事实上，出于对家族规矩的尊重，长子会比其他孩子继承更多的财产，即便没有写进法律，这一点也是从老辈那保持下来的。这是一个家族的传统，世代相传。仆人们已经习惯把我当成他们将来的主人，就算是老米可拉，在某种程度上也不能抗拒这种感觉，即便所有的事情对他来说都是被允许的，比如在没人的时候直呼我的名字。

母亲在家里有一间药房，她自己去给患者看病。在霍乱时期，她整晚地同医生一起穿梭在村庄中，置自己的安危于不顾，但是，为她忧心的父亲并没有因此阻止她，而是反复地说“这是责任，是责任”。另外，即便是严厉的父亲也会向大家提供援助。他不止一次地减免劳工的欠款，尽管内心冲动，但他很容易宽恕过错。他经常帮助村民偿还债务，为新人筹办举办婚礼，当孩子们的教父。他告诉我们要尊重农民，对待老佃户也敬重有加，会经常接纳他们的建议。很难说清农民们和我的整个家族有着多么深厚的感情，但后来他们给出了令人信服的答案。

说起这些事情，首先是为了确切地向大家展示我们的生存和生活状态；其次是为了说明我在把哈尼娅变成一位小姐的过程中并没有遇到太多的困难。但由于这个孩子太胆怯了，而且在米可拉过分的“尊卑思想”的熏陶中长大，所以我遇到的最大阻力来自她自身，而这种消极抵抗将会很容易地和她的命运融合在一起。

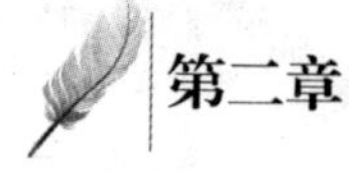

第二章

米可拉的葬礼在他去世后的第三天举行。很多的邻居都来出席他的葬礼，希望能够送这个受人尊敬爱戴的老仆人最后一程。我们把他葬在我家族的坟地里，紧挨着我的上校祖父的墓地。在举行仪式的时候，我片刻不离哈尼娅左右。她是和我一起坐雪橇过来的，我希望她也能和我一起回去，但是，路德维克神父让我邀请这些参加葬礼的邻居们到家里暖和暖和。这时候，我的朋友弥尔扎·赛林姆·大卫多维奇一直和哈尼娅待在一起。他是米尔扎·大卫多维奇的儿子，而米尔扎·大卫多维奇是我父亲的邻居，是一个拥有鞑靼血统的伊斯兰教徒，他的祖先从很早的时候起就成为我们的邻居了，享受着公民和贵族的待遇。我得和奥斯崔斯基坐在一起，而哈尼娅、潘妮·德叶维斯以及赛林姆坐在另外一个雪橇上。我看到这个好心的年轻小伙儿把自己的外套披在哈尼娅身上，然后从马夫手上拿过缰绳，驱赶着马匹，像风一般的从我面前飞驰而去。

回到家的时候，我看到哈尼娅又去她祖父的房间掉眼泪。可我不能紧跟着她进去，因为我需要招待那些和路德维克神父在一起的客人。

最后，所有的人都走了，除了赛林姆，因为他要留下来和我们一起共度剩下的圣诞节假期，和我一块学点东西——我们同是七年级的学生，面临着考试，但是我们花更多的时间在骑马、射击、击剑和打猎上面，把翻译《塔西佗编年史》或者《色诺芬传》作为消遣。

这个赛林姆是个快乐的家伙，玩世不恭，调皮捣蛋。他热情似火，也极富同情心。除了父亲，家里所有的人都非常喜欢他，父亲不高兴的原因是这个年轻的鞑靼人在射击和击剑方面都比我强。潘妮·德叶维斯被他迷得神魂颠倒，因为他的法语说起来还真像个本土的巴黎人。他的嘴巴一刻也不停着，不是说些八卦，就是说点俏皮话，比我们更会逗这个法国女人开心。

路德维克神父抱着些希望想让他改信天主教，自从这孩子有时拿穆罕默德开玩笑并且反对《古兰经》开始，神父的念头就更强了，但是，什么都没有发生，因为赛林姆害怕他的父亲。出于家族的传统，父亲信奉穆罕默德，认为作为一个长久不衰的贵族，他更倾向于成为一个古老的伊斯兰教派的信徒，这好过于参加较新的天主教。但是，他却对突厥或者鞑靼不怎么有感情。他的祖先可能是维托德时期就在里斯华尼亚定居下来。而且，他们是一个非常富有的贵族，自古以来就生活在同一个地方。他们所拥有的财产都是由岩·索别斯基给予弥尔扎·大卫多维奇的，他是一位轻骑上校，在维也纳创造过丰功伟绩，他的画像后来被挂在了赫维利。

我记得，那幅画像给我留下很深的印象。上校是个非常厉害的人物，他的脸被天晓得是什么样的军刀划伤过，看着好像是《古兰经》里的神秘字母一样。他拥有黝黑的肤色，突兀的颧骨，斜视着你的眼睛闪着精光。他们身上都有这种特质，那就是他们总是能看到你，不论你是站在正前方还是任何一边。

但是我的朋友赛林姆一点都不像他的祖先们。他的母亲是被老大卫多维奇在克里木半岛娶到的，她不是鞑靼人，来自高加索地区。我已经记不清她的样子了，但是人们说她真是美人儿中的美人儿，而小赛林姆跟她简直就是一个模子刻出来的。

呀！赛林姆真是个帅气的小伙儿！他的眼睛有点不明显的斜视，虽然不是鞑靼人的眼睛，却是佐治亚女人所独有的那种大大的、黑亮的、深沉而又湿润的眼睛。目光中流露出难以名状的甜蜜感的样子是我这辈子从没有见过的，以后很可能也再不会见到。

他拥有一张平常的贵族脸庞，好像他们都是由一个雕刻师雕刻出来的一样，皮肤黝黑而又细腻，嘴唇有点厚，但是却像木莓一样红润，脸上挂着甜甜的笑容，牙齿像珍珠一样白亮。

举个例子，当赛林姆和同伴打架的时候——这种事发生的够多了——他脸上的甜蜜感就会消失不见：他会变得非常可怕，眼睛斜着像要凸出来，像狼一样闪着精光，脸上的血脉贲张，皮肤变成黑色，一时间一个真正的鞑靼人就要从他的灵魂中觉醒。但是这种转变转瞬即逝。过不了多久，赛林姆就能结束战斗，通常就是祈求原谅，亲吻一下，然后被原谅。他有一副好心肠，还有一种难以抑制的贵族冲动倾向。他总是满不在乎，但是又有点轻浮和不羁。

他会骑马，会射击，可以像高手一样的击剑。他的学习成绩中等水平，尽管很有天赋却很懒。我们对待对方就像兄弟一样，虽然经常吵架，也经常和好，但我们的友谊是长久而坚不可摧的。不管是放假的时候还是所有的节日假期，我不是花一半的时间待在赫维利，就是跟他待在一起。

现在参加完米可拉的葬礼，赛林姆会跟我们一起过完圣诞节假期。

晚餐过后客人们要走了，那时大概是下午四点。冬季短暂的一天就要过去了，黄昏的光线从窗户透进来，打在房子旁边的树上，和雪融合出一片红润的光彩，乌鸦开始拍打着翅膀啼叫。透过窗户，我们可以看到一整群的乌鸦从树林飞过池塘，浮现在夜晚的灯光中。晚饭过后，我们待在房间，谁都不说话。潘妮·德叶维斯回去自己的房间用扑克占卜，这是她的习惯。路德维克神父吸着鼻烟，在房间里走来走去。我的两个妹妹头碰着头，正在卷着对方金色的卷发。哈尼娅、赛林姆和我坐在窗下的沙发上，看着花园边上的池塘，看着池塘远处的树林，看着逐渐消失的日光。

不一会儿天就完全变黑了。路德维克神父出去晚祷。一个妹妹追着另外一个跑到隔壁的房间，就剩我们三个在这儿了。在赛林姆要张嘴说什么的时候，哈尼娅立刻推了推我，然后小声地说道：

“潘尼奇，有东西吓唬我，我害怕。”

“别害怕，哈尼娅，”我回答她，把她拉向我，“紧挨着我，像这样，当你在我身边的时候，什么坏事都不能发生在你身上。看，我什么都不害怕，我能够一直保护你。”

这并不是实话，因为不论是周围的幽暗，还是哈尼娅的话语，或者是近来米可拉的去世，这一切让我也拥有某种奇怪的感觉。

“可能你需要他们拿来一盏灯，是吗？”我说。

“是的，潘尼奇。”

“赛林姆，让弗兰尼克拿盏灯过来。”

赛林姆从沙发上跳起来，不一会儿我们就听到门外传来一阵异常的踩踏声。门砰的一声被打开，弗兰尼克像一阵风一样的冲进来，后面抓着他的胳膊的是赛林姆。弗兰尼克的表情既呆滞又害怕，而赛林姆压着这个孩子的肩膀，像个陀螺般拽着他来回地打转儿。在还没挪到沙发的时候，赛林姆停了下来，说道：

“你的主人命令你去拿盏灯，因为这个小姐很害怕。你是想去拿灯，还是让我拧掉你的脑袋？”

弗兰尼克出去了一会儿就拿了油灯回来，但是似乎这灯光刺伤了哈尼娅哭红的眼睛，所以赛林姆吹灭了它。我们再次陷入了神秘的黑暗之中，沉默又一次淹没了我们。过了一会儿，月光透过窗户映射出一片银色的光亮。突然，哈尼娅害怕起来，因为她靠着我更紧了，我必须握住她的手才能让她保持镇定。赛林姆坐在我们对面的扶手椅上，从烦躁的情绪中解脱出来，习惯性地进入了沉思，不久就陷入天马行空了。我们周围一片寂静，虽然都有点害怕，但是令人感到愉快。

“让赛林姆给我们讲个故事吧，”我说，“他非常会讲故事，对吧，哈尼娅？”

“让他讲讲吧。”

赛林姆抬眼想了片刻。月光清晰地照亮了他帅气的脸庞。过了一会儿，他开始用颤抖、同情而又低沉的声音说：

“越过森林和高山的那边，住着一个特别的克里木女人，名字叫作拉拉，她会预言。有一次，苏丹国王经过她的村庄。这个苏丹国王的名字叫哈伦，他非常的富有。他拥有一座镶着钻石的珊瑚宫殿，宫殿的屋顶是用珍珠制成的。这个宫殿太大了，以至于需要花上一年的时间才能从头走到尾。苏丹国王本人的缠头巾上戴着真的星星。缠头巾闪闪发光，顶部还有一弯新月，这是某位魔法师从月亮上裁下来送给苏丹国王的。苏丹国王走到拉拉的村庄附近，哭了起来。他哭啊哭，眼泪掉在了路上，无论眼泪掉在哪里，那个地方就会立刻长出一朵洁白的百合花。

“你为什么哭呢，奥·苏丹·哈伦？”拉拉问道。

“‘我为什么不能哭呢？’奥·苏丹·哈伦回答道，‘当我只有一个女儿，她美丽得就像晨曦一般，可我必须把她交给一个长着红色火焰般眼神的魔鬼手中，她每一天——’”

赛林姆突然停了下来不说话。

“哈尼娅睡着了吗？”他小声地问我。

“没有，她还没有睡着。”我带着昏昏欲睡的声音回答。

“‘我怎么能不哭呢，’奥·苏丹·哈伦对她说，（赛林姆继续下去）‘当我只有一个女儿，我还必须把她交给魔鬼？’

“‘别哭了，奥·苏丹·哈伦，’拉拉说，‘坐上这匹天马，飞到博拉那边的洞穴去。邪云将会在路上追着你，但是你把这些罂粟的种子直接向它们丢去，这些邪云就会消失了。’”

赛林姆继续说着，然后他又一次地停了下来看着哈尼娅。这个孩子现在已经完全睡着了。她又累又伤心，睡得很平静。赛林姆和我几乎不敢呼吸，生怕吵醒了她。她的呼吸平稳、安静，只不过有时会深深地叹息。赛林姆用手抵住前额，开始陷入认真的思考。我抬眼望着天空，好像自己正乘坐着天使的翅膀飞向快乐的天国。此刻的甜蜜感是不可言喻的，这个可爱的小东西就这样在我的胸膛安静地睡着，充满了信任。一种前所未有的战栗穿过我的身体，心中响起了一个新鲜未知的快乐声音，这个声音开始歌唱和演奏，就像管弦乐队那样。噢，我是多么地爱哈尼娅！作为兄长和监护人，我是多么地爱她，这种爱已经大大超越了世俗的羁绊。

我靠近哈尼娅，嘴唇轻轻地亲吻她的头发。没有什么其他的意思，因为我，以及这个吻都是一样的单纯透明。

赛林姆立刻颤抖了一下，从他的沉思中惊醒过来。

“看看你多高兴啊，亨瑞克！”他小声地说。

“是的，赛林姆。”

但是我们不能一直这么待着。

“我们别吵醒她，把她抱进她的房间吧。”赛林姆说。

“我自己抱她，你只要开开门就行了。”我回答。

我把手臂轻轻地从熟睡中的女孩头下抽出，把她平放在沙发上。然后，仔细地把她抱在怀里。我虽然还是个青年，但是体格已不同常人，这个孩子是那么的瘦小、虚弱，我抱着她就像羽毛一样轻。赛林姆打开隔壁房间的门，隔壁房间亮着灯，这样的话我们能找到那个绿色的房间，我已经指定这个房间是哈尼娅的房间。床已经铺好了。烟囱里的火苗噼啪地响，坐在烟囱旁边正在拨弄煤块的是温格鲁西亚，当她看到我负重的时候，大喊道：

“噢，天哪！潘尼奇就这么抱着这个小女仆来了。就不能摇醒她，让她自己走进来吗？”

“让温格鲁西亚安静点！”我生气地说，“是小姐，不是‘女仆’，只是小姐；温格鲁西亚听到了吗？这位小姐累了，我们不要吵醒她。为她脱掉衣服然后轻轻地放在床上。让温格鲁西亚记住，这是一个孤儿，我们必须好好地安慰她，抚慰她失去祖父的痛苦。”

“孤儿，这个可怜的小东西，确实是个孤儿！”好心的温格鲁西亚动情地说。

赛林姆亲吻了一下这个老仆人，然后回去喝茶。

赛林姆忘记了刚才所有的事，只是快活地喝着茶，但是我不想学他的那个样子。首先，我很悲伤，其次，我认为这种孩子般的行为并不能使我成为一个认真的人，而我已经是个监护人了。那天晚上，赛林姆又惹了麻烦，这一次是同路德维克神父，因为我们在教堂进行晚祷的时候，他溜到院子里，爬到冰窖的矮屋顶上，开始大声地吼叫。院子里的狗从四面八方冲到了一起，同赛林姆一起制造喧哗，这样我们没法再进行祷告了。

“你疯了吗，赛林姆？”路德维克神父问。

“原谅我吧神父，我是在用穆罕默德的方式来祷告。”

“别拿宗教说事，你这个捣蛋鬼！”

“但是我，请你注意听我说，我是想成为一个天主教徒，可又害怕我的父亲，我能把穆罕默德怎么办？”

被击中弱点之后，牧师沉默了，我们就去上床睡觉。赛林姆和我睡在一个房间里，因为牧师知道我们喜欢聊天，不想妨碍我们俩。当我脱掉衣服的时候，我发现赛林姆也在做着相同的事，却没有祷告，我问他：

“不过说真的，赛林姆，你从来都不祷告吗？”

“我当然祷告了，如果你希望这样的话，我可以马上祷告。”

他站在窗户那边抬眼看着月亮，面向着它伸展双手，开始用歌唱的语调叫喊：

“噢，阿拉！阿克巴尔·阿拉！真主克里姆！”

只穿着白色的睡衣，仰起脸庞对着天空，他是如此的美丽，让我的视线都不能离开他了。

然后他开始解释：

“我能怎么办？我并不相信我们的这位先知，他只让人娶一个老婆，可是他自己却能随着喜好把很多人娶进门。另外，我告诉你我喜欢喝酒。除了成为一个伊斯兰教徒，我什么都做不了，但是我相信上帝，总是装着会祷告的样子。但是我真的会吗？我是知道这里有个至高无上的上帝，那就是全部。”

过了一会儿他继续说道：

“你知道吗，亨瑞克？”

“什么？”

“我这儿有极好的雪茄。我们不再是小孩了，吸一根试试吧。”

赛林姆从床上跳起来拿了一盒雪茄。我们每人点了一根，然后躺下来静静地吸着，悄悄地起床吐痰，不让对方知道。

“你知道吗，亨瑞克？”过了一会儿，赛林姆说，“我是多么嫉妒你啊！你现在真的已经长大了。”

“我希望是这样。”

“因为你已经成为监护人了。噢，如果有人能留给我这样一个受监护的人来照顾，该多好啊！”

“那并不容易，另外，世上去哪儿再找另外一个哈尼娅呢？但是你知道吗？”我继续说，用成熟、睿智男人的语调，“我希望以后不去学校上学了。一个在家拥有这样一种责任的男人是不应该去学校的。”

“你胡说什么啊！什么！你不打算再学什么东西了吗？学校是很重要的。”

“你知道我是喜欢学习的，但是毕竟我肩负着责任。除非我父母把哈尼娅和我一起送到华沙。”

“他们想都不会想的。”

“当我在课堂上的时候，他们当然不会这样想，但是当我上了大学，他们就会这样想了。好吧，难道你不知道学生意味着什么吗？”

“对，对！什么都可能发生。你会成为她的监护人，你也会娶了她。”

我从床上坐了起来。

“赛林姆，你疯了吗？”

“你为什么不能娶她？一个人在学校的时候是不能随便结婚的，但是一个学生不仅仅可以拥有一位妻子，甚至可以拥有孩子。”赛林姆说。

在那一刻，所有有关大学的特权和优待都与我没有半点关系了。赛林姆的话启发了我，就像闪电一样照亮了我内心那些黑暗的角落。万千的思绪，就像成千只鸟儿一同飞过我的大脑。与我的宝贝儿、我深爱的孤儿结婚！对，就是这条闪电，一条融合理智和情感的闪电。对于我来说，这就好像是有人在我黑暗的内心深处带来了光亮。爱，深沉的从那束光亮中疯狂生长，被一种莫名的温暖包裹。和哈尼娅结婚，和这个金发天使，我最亲爱的、挚爱的哈尼娅结婚。我压低了嗓子，用轻微的声音像回音一样又说了一遍：

“赛林姆，你疯了吗？”

“我敢打赌你已经爱上她了。”赛林姆说。

我没有回答，只是熄灭了灯，抓过角落里的枕头开始睡觉。

是的，我已经爱上她了。

第三章

在葬礼过后的大概第二天或第三天，父亲被一封电报叫回来了。

我不停地发抖，唯恐他又想起来我对哈尼娅事情的处理，可是我的预感太准了。父亲表扬了我，并且为我的热心肠和尽职尽心而拥抱了我一下，显然我的行为让他很满意。当他对我感到满意的时候，就会反复地说“这才是我的儿子”！他没有料想到我热心肠的程度，可是我对哈尼娅的处理方式并没有让他很高兴。可能是潘妮·德叶维斯的夸张转述让他有点这种感觉，不过自从度过那个让我意识觉醒的晚上之后，我确实把哈尼娅当作这个家里最重要的人物了。

我希望用和妹妹们一样的方式来教育哈尼娅，父亲对此有些不高兴。

“我不会插手这件事的，”他说，“这是你母亲该管的事。她会决定哈尼娅喜欢做的事。但是现在，我们花点时间来考虑一下也是值得的，那就是：对于这个女孩来说，怎么做才是对她最好的。”

“接受教育永远都不会错的，父亲。我从您的口中不止一次地听到这句话了。”

“没错，当他是一个男人的情况下，”他回答，“因为教育可以使一个男人在社会上拥有地位，但是女人就不同了。女人的教育应该是按照她的家庭角色而安排的。像这样的女孩用不着接受上等的教育内容，她不需要学习法语和音乐之类的。只要在接受中等教育之后，哈尼娅就会很容易地找到一个可靠的公务员做丈夫。”

“父亲！”

他惊讶地看着我。

“怎么了？”

我脸红得就像甜菜的颜色。血液几乎要从脸上涌出来。眼神变得漆黑。我不能抑制地发出一声怒吼，在我的想象中，似乎把哈尼娅和一个公务员配在一起是那么的亵渎和不堪。当这种话是从我父亲的口中说出来的时候，那种亵渎感就更加强烈了。第一次，现实的冰冷浇熄了我少年热忱的信仰；第一次，生活的打击使我的童话城堡幻灭；第一次，用来捍卫自我的悲观主义和无神论的残酷现实让我感到了欺骗和醒悟。但是，作为一块被烧红了的铁块，当一滴冷水滴落的时候，只会发出嘶嘶的声音把水滴变成蒸汽，所以，当这个男人燃烧的灵魂正处于他的首次与冰冷世界接触的情况下，是真的痛苦地发出嘶嘶声，但是不一会儿，就会用自己的热量温暖了它。

当下，父亲的话伤害了我，而且是用一种绝妙的方式伤害了我，所以，在这些话的影响下，我似乎有一种感觉，自己并不是在触犯父亲的旨意，而是在违背哈尼娅的生活轨迹。但是，从道德上说，那种内心的反抗只存在于年少时期，所以我很快就把它尽可能地抛之脑后。父亲一点都看不懂我的热心，只是把这归因于我对所承担职责的过分专注，而这种专注在我成长的过程中是自然而然产生的，所以与其生气，还不如简单地奉承他两句，减弱他对哈尼娅接受高等教育的反感。我答应他会给仍在国外的母亲写封信，祈求她能够做出最终的决定。我都不记得自己是否曾经写出过这样一封又长又诚挚的信了。我描述了老米可拉的去世，他的临终遗言，我的渴望、惧怕和希望。我希望这样能够使母亲受到强烈的感动，燃起她一直都有的同情心，我描述着如果大家不维护哈尼娅的话，将来肯定会得到内心良知的谴责。一句话，按照我那时的想法，我的这封信就是一篇杰作，而且它必须要产生该有的效果。

就这样我平静了下来，耐心地等待答复，最后等来了两封信，一封是写给我的，另一封是写给潘妮·德叶维斯的。我完胜了这场仗。母亲不仅同意让哈尼娅接受更高等的教育，并且果断地命令就这么做。

“我希望，”亲爱的母亲写道，“要是这能与你父亲的意愿相符就好了，哈尼娅就可以完全地被看作我们家庭的一份子。一想到老米可拉和他的忠诚，我觉得这是我们亏欠他的。”

我完全地胜利了，赛林姆同我真心地分享这种喜悦，凡是与哈尼娅有关的事，赛林姆都会认真地参与，好像他也是她的监护人一样。

事实上，他的同情心，以及对这个孤儿所表现出来的温情真的有点让我生气，自从度过那个使我和哈尼娅的关系发生巨大的变化的纪念性夜晚之后，这种感觉就更加强烈了。每当和她在一起的时候，我都感觉自己是罪恶的，之前的纯真和孩子般的亲密感完全从我这儿消失了。仅仅是几天前，这个女孩还安静地在我的怀里沉睡，但是现在仅仅是想象一下都感觉头发要竖起来了。在平静的几天前，我还能像哥哥般亲吻着她苍白的嘴唇问好，但是现在，连碰一下她的手都感觉会把我点燃，甜蜜的战栗穿透我的身体。我开始像初恋一样的仰慕她，可是这个单纯的女孩并没有感觉到或知道这一切，还像往常一样偎依着我，我的内心焦躁极了，并不是对她，而是因为此刻我觉得自己正在做一些亵渎神灵的事。

爱情给我带来莫名的快感，也带来了莫名的煎熬。我经常渴望这样的场景，那就是有那么一个人让我可以向她袒露自己的煎熬，可以在她的怀里哭泣，毫无疑问，这样做能够减轻我一半的心理负担。

我可以向赛林姆坦白一切，但是我害怕他的性格。我知道他在起初的时候肯定能够真心地体会到我的感受，但是谁能保证第二天他不会对我冷嘲热讽，不会调侃我那连自己都不敢轻浮的理想？我是一个什么事都藏在心里的人，另外，我和赛林姆还有一个很大的不同。我总是有点多愁善感，赛林姆却一点也不。我是在悲伤的时候才会陷入爱情，但是赛林姆只有在高兴的时候才会获得爱情。我向每一个人都隐藏自己的爱情，几乎对自己都隐藏了，也确实没有人发现过。在一段时间里，在没有看到任何痕迹的情况下，我已经学会本能地隐藏所有的爱的迹象，就像隐藏经常产生的困惑感一样，并且在出现的任何场合里掩盖提到哈尼娅时的脸红。总之，我变得很狡猾，这种狡猾足以让一个十六岁的男孩欺骗过所有盯着他的眼睛。但是我却对哈尼娅坦白这件事束手无策。我爱她，这已经足够了。只是在有时候，当我们独处时，有些东西在催促着我跪在她的面前亲吻她的裙角。

与此同时，赛林姆正在疯狂地做着恶作剧，嘲弄着我们俩，看起来又诙谐又让人快乐。他是第一个给哈尼娅带来欢笑的人，有一次在吃早饭的时候，他建议路德维克神父改信穆罕默德，并且同潘妮·德叶维斯结婚。不论是这个被冒犯的法国女人还是牧师本人，都对他很生气。在哈尼娅面前，他有了这样一个爱好，那就是当他的眼睛望着她并且大笑的时候，周围所有的一切都在轻微的责备声中和欢笑声中结束。他对哈尼娅具有很明显的温情和关心，也是在这种关系下，他内心的快乐感可以战胜一切。他和哈尼娅在一起的时候比我更亲密。很明显，哈尼娅非常喜欢他，因为不论何时他走进房间的时候，她都显得更加快乐。

他不断地和我开着玩笑，戏弄着我的伤感，带走那个渴望瞬间长大的人强装的尊严。

“你们快看看，他最后会成为一个牧师的。”他说。

然后我假装丢下手里的东西，以便弯腰捡起时掩盖脸上的红晕，但是路德维克神父吸了口鼻烟然后回答：

“感谢主！感谢主！”

这时候，圣诞节的假期结束了。我希望能够留在家里的这个渺小的愿望还是无情地破灭了。一天晚上，周围的一切似乎都在向这个伟大的监护人宣告第二天一早他必须上路了。必须出发得早些，因为我们需要在赫维利转车，赛林姆也会在那里向他父亲告别。所以，我们在早晨六点钟的时候就摸黑起了床。唉！我内心沮丧得就像那个刮着寒风的早晨。赛林姆也情绪不佳。他一爬起床，就说这个世界很乏味，总是可怜的被安排这安排那，我完全同意这一点。然后我们穿好衣服去吃早餐，院子里还是那么黑，小而锋利的雪片被风卷着打在我们的脸上。饭厅的窗户里亮着灯。在大门处停放着雪橇，上面放着我们已经打包好的物品，马儿在摇晃着脖子上的铜铃，猎犬也在围着雪橇一直叫唤着。所有这一切加在一起，组成了一幅多么令人沮丧的画面，至少对于我俩来说是这样，连看一眼都觉得心都被揪紧了。

在走进饭厅的时候，我们看到父亲和牧师都带着严肃的表情来回踱步。哈尼娅没在。我怀着悸动的心情看了一眼那个绿色的衣柜室的门。她会来吗，或者我应该就这样一声不吭地走掉吗？

这个时候，父亲和牧师开始叮嘱我们的品行。两个人都是以这个话题为开头，在我们这个年纪，根本没必要反复地被叮嘱用功学习，就这样叨叨着，直到两个人都没什么其他可要嘱咐的。

我心不在焉地听着他们所说的话，咀嚼着烤面包片，用干涩的喉咙吞下烧酒。

突然，心脏强烈地跳动起来，激动的内心让我几乎不能坐稳，因为我听到哈尼娅的房间里传来轻微的声响。门打开了，潘妮·德叶维斯走了出来，穿着晨衣，头发上插着几片纸屑。她温暖地捂了捂我的手。她让我产生的失望感简直让我想把这杯酒洒在她的头上。她表达着美好的愿望，说像我们这样的好孩子肯定能够学习得很棒，对于这一点，赛林姆回答说她头发上插纸屑的记忆会让他在学习上更加努力用功。哈尼娅没有出现。

但是命运注定不让我喝光这杯烧酒。当我们从餐桌起身的时候，哈尼娅出来了，看起来睡眼惺忪，脸庞泛着红晕，头发乱乱的。当我拍拍她的手说早晨好的时候，发现她的手是烫的。突然间脑子里产生一个念头，是由于我的离开让她发烧了吧，我内心筹划着这样一幅温柔的场景，但是她的发烧仅仅是由于睡觉时产生的温度。过了一会儿，父亲和牧师出去写信寄给华沙。赛林姆骑着一只刚刚进屋的大狗蹿了出去。此刻只有我和哈尼娅在一起了。眼泪从眼睛中涌了出来，温柔暖心的话语亟不可待地脱口而出。我并不想向她坦白自己的爱意，但是我想急切地一边亲吻着她的手一边说着像这样的话：我的宝贝儿，我最深爱的哈尼娅！这是唯一方便直抒胸臆的时候，即便没有引起任何人的注意，但是我不敢这样做。我惭愧地浪费了那个宝贵的时刻。我靠近她然后伸出手，动作笨拙，有点不自然。“哈尼娅，”我用一种连自己都感到陌生的声音叫她的名字，然后立刻退开不说话，因为我有亲吻她脸颊的渴望，这时候，她自己开口说：

“天哪！没有潘尼奇在身边是多么令人伤感的事啊！”

“我会在复活节的时候回来的。”我用一种陌生、低沉的声音说。

“但是现在距离复活节的时间还长。”

“没有那么长时间了。”我喃喃地说。

这时候，赛林姆冲了进来，后面跟着父亲、牧师、潘妮·德叶维斯和一些仆人。耳边响起“快上雪橇！快上雪橇”！这样的话。我们所有人都走到门廊，父亲和牧师拥抱了我。当要离开哈尼娅的这一时刻到来的时候，我几乎难以抑制地想把她搂到怀里深深地亲吻，但是我不能这样做。

“再见，哈尼娅。”我说，我向她伸出双手，但是内心深处却像有成百个声音在哭泣，成百句最最温柔爱抚的话语就挂在我的嘴边。

突然间，我看见女孩哭了，霎时间，我听到内心撒旦固执的声音，在不可抗拒地撕裂我的伤口，而在之后的生活中我不止一次地感受到这一点。所以，虽然内心已经溃堤，但是我仍用一种冷酷粗暴的声音说：

“不要再无理智地哭泣了，我的哈尼娅。”然后，我在雪橇上坐了下来。

这时，赛林姆也同所有人都告了别。他跑向哈尼娅抓住她的手，虽然这女孩试图甩开，但是他疯狂地亲吻她的手。啊，在那个时刻我真是希望能够给他一拳！当他亲吻完哈尼娅后，就跳进了雪橇里。“出发！”父亲喊道。牧师在胸前画着十字祈祷我们能够一路平安。驾车的人不断地向马喊着“嗨蹋！嗬”！铃声响起，积雪在车轮下发出吱吱的响声，就这样，我们出发了。

“流氓！强盗！”我心里说，“瞧瞧你是怎么向你的哈尼娅告别的！你对她太不友善了，还责备她掉没有价值的眼泪，一个孤儿的眼泪。”

我抓起自己皮衣的领子开始像孩子一般默默地哭泣，因为我担心赛林姆会发现我的眼泪。但是，似乎赛林姆把一切都看得十分完美，而他自己也被感动了，所以起先就没说什么。但是还没走多远的时候，他说：

“亨瑞克！”

“怎么了？”

“你在哭哭啼啼吗？”

“让我一个人待会儿。”

然后我俩一片沉默。但是过了一会儿赛林姆又开始说了：

“亨瑞克！”

“怎么了？”

“你在哭哭啼啼吗？”

我什么都没说，突然间赛林姆蹲了下来，捧起一捧积雪，拿掉我的帽子，把雪撒在了我的头上，然后又帮我戴上帽子，说道：

“这样能让你冷静点！”

第四章

复活节的时候，我们没有回家，因为考试马上要来临了。另外，父亲希望我能够通过大学的预科考试。他知道我不打算在假期里用功，可那样的话无疑会让我忘掉在学校里的至少一半所学，所以我奋力地复习着功课。除了体育的常规课程和考试作业之外，赛林姆和我在一个刚刚进入大学不久的大学生那儿补课，因为他最能知道我们现在所需要补充的知识是什么。

这段时间对于我来说很难忘，因为它承载着路德维克神父、父亲以及全家人含辛茹苦为我设立的所有理念和梦想。

年轻的大学生在各方面都是激进的。在解释罗马历史的时候，他已经清楚地知道如何向古罗马改革时期的寡头政治表示厌恶和蔑视，而我极端的贵族信念也在那时刻烟消云散。在这种深厚的信念的影响下，我年轻的导师有时候会说这样的话，一个人能够很快地在大学生的心目中占据强大并且从某种程度上说是影响深远的位置，那么他应该是对所有的“偏见”都是免疫的，不会用一个哲人拯救全世界的慈悲感来看待任何事情。

总之，他拥有这样一个观点，那就是对于世界运转的规则来说，以及对所有人都可能产生巨大影响的运动来说，一个人在他十八岁到二十三岁之前是最佳年华，因为在这之后他会逐渐变成一个笨蛋或者保守的人。

他心怀同情地面对这些既不是大学生也不是大学的教授的人演讲，但是他拥有理想，并且句句不离他的理想。在他那里，我第一次知道了莫尔斯仇特和布赫纳这两个人的存在——两个他最常引用的科学家。我们可以听到导师对近代科学史，过去的盲目迷信所掩盖的事实真相，以及近期的学者从“被遗忘的尘埃”中提出的并且以无畏的勇气向全世界宣告事实的声情并茂的演讲。

在表达这些观点的时候，他不断地晃动额前浓密卷曲的头发，不停地吸了很多根烟，让我们相信他的吸烟方式是经过训练的，他可以让烟有选择地从嘴里或者是鼻孔里冒出，在华沙没有任何一个人可以像他这样做。然后他像往常一样地站起身，穿上那件已经掉了一多半扣子的外套，告诉我们他必须快点，因为还有另外一个“小会”在等着他。在说话的时候，他神秘地眨了眨眼，然后补充说我和赛林姆的年纪不允许他跟我们过多地透露“小会”的内容，但是后来，即便没有他的解释，我们也明白了“小会”的含义。

尽管所有的这些都不能过多地取悦我们的父母，但是年轻大学生确实有他好的一方面。他很明白自己所教授的内容，除此之外，他的确是一个科学狂热份子。他穿着带破洞的靴子，一件被磨破了的外套，戴着像破鸟巢一样的帽子。他身上一分钱都没有，但是他几乎从不考虑自己的生活需求、穷困或者欲望。他是靠着对科学的狂热而活的，对于享乐生活的追求却没有想法。赛林姆和我把他看作一种超自然的神人，他就像是一片智慧的海洋，坚不可摧。我们虔诚地相信，如果真有那么一个人可以救人类于水火之中，那个人肯定就是他，而且毫无疑问，这个威风凛凛的天才自己也是这么认为的。于是我们像鸟儿靠近捕鸟胶一样的不断向他的信念靠拢。

对于我来说，很有可能我可以走得更远，甚至超过导师。这是一种反抗之前教育的自然反应，除此之外，这个大学生为我打开了新知识的大门，相比之下，我之前的眼界是多么的狭小。我被这些新的真理弄得眼花缭乱，并没有太多的想法和设想带给哈尼娅。首先，也是即将到来的，我并没有摒弃自己的梦想。她寄来的信滋养了我心中的火焰，但是同这个年轻大学生浩瀚的理想相比，我那平静的乡村世界开始立刻变得渺小了，而且从我的眼中在逐渐消失。哈尼娅的形象没有消失，这是真的，但是却像是被一团薄雾笼罩了。

对于赛林姆来说，在暴力改革之路的影响下，他也进步了。但是自从我们宿舍对面的窗下常坐着一位叫作优泽娅的女孩之后，他就对哈尼娅的事考虑得更少了。事实上，赛林姆开始望着她叹气，他们可以一整天地坐在窗前望着对方，就像关在两个笼子里的两只鸟。赛林姆总是重复他不可动摇的信念，“除了她我谁都不要”。而经常发生的事情是，他伏在床上学习，然后突然把书丢到地上，跳起来抓住我叫喊，大声地笑着就像一个疯子：

“啊，我的优泽娅！我是多么地爱你！”

“一边去，赛林姆！”我对他说。

“唉，是你啊，不是优泽娅。”他恶作剧般地回答，然后回到书本上去。

最终迎来了考试的那一天。赛林姆和我都非常顺利地通过了体育的期末考试以及大学的一科预科考试，自那以后我们俩自由地像鸟一样，但是我们又在华沙多待了三天。利用这段时间，我们得到了一套学生制服，我们的导师把这看成一种不可或缺的庄严感。于是三个人一起去地窖酒吧喝酒。

在喝完第二瓶的时候，赛林姆和我把头转向导师泛红的脸，现在已经成为了志同道合的伙伴的人，突然间，我们被一种不同寻常的内心柔软感所包围，混杂着向内心坦白的渴望。

“好吧，你们已经从人群中脱颖而出了，我的孩子，”导师说，“世界就在你们眼前。现在就尽情地放纵自己吧，挥霍点钱，做点惊世骇俗的事，谈个爱情，但是我告诉你，这些都是屁事。一种浮夸的生活是荒唐的，它不具有让人为之生存、跋涉和奋斗的理想。可是，为了明智地生存、理智地生活、足智地奋斗、人必须冷静地看待问题。对于我来说，我认为自己看待事物是冷静的。我相信，没有什么我不能接触的事物，而且我也向你们这样建议。上帝才知道世间怎么会有这么多种生存和思考的方式，在一切都乱了套的时候，一个人需要知道自己需要什么样的脑子来避免走错道儿。于是，我紧跟着科学的脚步，就是这样。科学不会欺骗我。生活是愚蠢的，跨越这个主题，我不能用酒瓶砸破任何一个人的脑袋，但是我们有科学。如果没有，我可以枪毙了自己。我想，每一个人都有权利那样做，如果我破产到那个程度我会一枪崩了自己的。但是在我的信念中一个人是不会破产的。你也许会被任何事物欺骗：爱上一个人，那个女人欺骗了你；加入了某个教派，很多的疑问就会跑出来；但是你最好就这么平静地待着直到死神敲门，甚至不要注意到这个世界在某天莫名其妙地变愚蠢了，而且不知道怎么回事地对你呈现出一片黑暗，然后就到了尽头——滴漏，插页上的肖像，或多或少有点呆板的传记和喜剧将会结束！然后什么都没有了。我可以向你保证，我的小伙伴。你可以大胆地相信我并没有胡说八道。科学就是我的提琴弓，就是我的信念。而且，凡事都有好的一面，如果你一旦让自己拥有了这些信念，你就敢于穿着破了洞的靴子在街上奔走相告，或者是躺在铺满稻草的厩楼里睡觉。这对你来说都无关紧要。你明白吗？”

“为科学致敬！”赛林姆喊道，他的眼睛里闪烁着亮光。

我们的导师向后推了一下他浓密的额发，喝光他的酒杯，然后猛吸了一口烟，让烟雾从他的鼻腔冒出来，继续说道：

“除了精密科学——赛林姆你喝醉了！——除了精密科学之外还有哲学、还有理念。拥有这些你的生活就圆满了。但是我更喜欢精密科学。哲学，特别是理想或现实主义哲学，我告诉你我瞧不起它。它就是个猜想。人们追求真理，但是却像追逐自己尾巴的狗一样。总之，我不能忍受猜想这回事。我钟情于事实。当事实浮出水面的时候你一点办法也没有。而理想就是另外一件事情了。为了它有人可以甘愿放弃自己的尊严，但是你和你父亲在寻找理想的道路上走了弯路。我告诉你，追逐理想是一个长远的旅程！”

我们又一次喝光了杯中的酒。我们的额发都蒸腾着冒着热气。黑暗的地窖酒吧看起来仍然那么黑，桌子上的蜡烛燃着微弱的光，烟雾掩盖了墙上的画。在窗户外面的庭院里，一个老乞丐正在唱着虔诚的赞美诗，“圣洁的、天使般的小姐！”在停顿的时候，他开始用小提琴演奏着哀伤的旋律。奇妙的感觉充满我的胸膛。我相信导师所说的每一句话，但是我感觉他还没有告诉我能够充实人生命的每一件事，似乎还缺了一些什么。一种忧伤包围了我，所以在幻想、酒精以及瞬间狂热的影响下，我用低沉的嗓音说：

“但是女人啊，绅士们！一个可爱的女人值得谁不惜生命中一切代价地去拥有？”

赛林姆开始唱道——

“女人真是善变：愚弄仰慕她的男人！”

导师用一种奇怪的表情看着我。他正在思考其他的一些事情，但是不一会儿就晃着身子说：

“噢，不！你要抛开这种多愁善感。你要知道，这样赛林姆会比你走得更远。你会被魔鬼带走的。保护好自己，我说保护好自己，以防有的女人钻进来扰乱你的生活。女人啊！女人！（这时候导师又习惯性地眨眼）我知道那些花瓶般的物件儿。我不能抱怨什么，上帝知道我不能这么抱怨。但是我也知道，你不能让自己的手靠近魔鬼，因为他立刻就会把你带入地狱。女人！爱情！我们所有的不幸都是因它而起，从无稽之谈中做成大事。如果你希望像我这样消遣自己，那就这样做吧，但是别为它耗尽你的生活。理由随口就是，那就是别为了坏东西赔上好价钱。你认为我会抱怨女人吗？我连想都没这样想过。相反，我爱她们，但是不会让自己迷失。记得当我第一次爱上一个叫劳拉的女孩时，我认为连她的裙子都是圣洁的，但是它还不是块棉布做的。这就是问题所在。难道走进了泥沼而没有飞进天国是她的错？不是！犯傻的那个人是我，是我生生地为她安上了翅膀成为天使。男人是一种低级的生物。我们中的一个或者另一个人都心怀着所谓的梦想，然后感到爱情的需求。所以当他碰到第一个小天鹅的时候，就会对自己说，‘就是她’。之后他就会发现自己犯了个错误，由于犯下的这个小错，魔鬼就带走了他，或者是像傻子一样过完自己的一生。”

“但是你必须承认，”我说，“一个男人会感受到爱的需求，你和其他人一样，都会感受到那种需求。”

一种几乎不可察觉的笑意浮现在嘴边。

“每一件必需品都会让人感到满足，”他回答，“用它不同的方式。”我用自己的方式来帮助自己。我说过，我从不把愚蠢的东西看作伟大的。我很冷静，上帝知道，在这种时刻更冷静。但是我见到过很多男人，他们为了一个女人搞坏了自己的生活，纠缠不清。所以，我认为一个人为了这种事而投入全部的生活是毫不值得的。”

我认为世界上还有其他更好的东西和更崇高的目标值得我们去争取。爱情是太微不足道的一件事了。“为了冷静而干杯！”

“为了女人干杯！”赛林姆喊道。

“非常好，就让我们拥有这一切，”导师回答，“她们真是令人惬意的物件儿，只要不把她们看得太认真。为女人干杯！”

“为优泽娅干杯！”我嚷着，碰了碰赛林姆的杯子。

“等等！现在轮到我了，”他回答，“为了你的哈尼娅干杯！你值得拥有她。”

热血开始在我的体内流窜，眼前闪烁着火花。

“安静点，赛林姆，”我喊道，“别在这儿提起这个名字！”

然后我把酒杯扔到地上，溅起碎片。

“你疯了吗？”导师冲我喊。

我完全地疯掉了，但是心中燃起的怒气像烈火一样的燃烧。我能听到导师所说的关于女人的一切事情，我甚至可以从中纵情欢乐，可以和其他人一起嘲笑这一切。之所以能够这样做，是因为我并没有把这些词汇和嘲笑同自己联系在一起，甚至这些话不会让我想到这个普遍的理论会适用于我最亲近的人。但是当我听到那纯洁的孤儿的名字在这个混杂着香烟、尘土、空酒瓶、软木塞以及玩世不恭的对话的房间里被轻浮地任意提起的时候，我认为自己听到了一些对哈尼娅亵渎、侮辱和误会的语言，我愤怒得几乎不能自制了。

赛林姆用惊讶的眼神看了我一下，然后他的脸色很快沉了下来，眼睛似乎要冒出火，前额露出血管的青色，他的本性显露出来，眼神尖锐得就像一个真正的鞑靼人。

“你不能阻止我想说的话！”他用一种低沉的声音气呼呼地喊道。

幸运的是，导师在这时候冲到我们两人的中间。

“你不配穿这样一身制服！这像什么？像小学生那样打架或者拧对方的耳朵吗？没错，哲学家们会往对方的头上砸玻璃杯。感到羞愧吧你们俩！你们是相互探讨有关世界真理的人！感到羞愧吧！从理念的战争发展到拳头的战争。快点住手！但是我想说，我向大学生活举杯致敬，要是你们不能和好，要是你们在玻璃杯里还留下一滴酒的话，你们就混日子去吧。”

我清醒过来了。但是赛林姆，虽然他喝得更多，但是清醒得比我早。

“请你原谅，”他说，用一种温和的声音说，“我犯傻了。”

我们真诚地拥抱了一下，为大学生活喝干了杯中的酒。然后我们的导师开始朗诵《纵情狂欢吧》。透过地窖酒吧的玻璃门，商人们开始往里观望。外面已经慢慢变黑了。我们都喝得东倒西歪。这种欢愉的感觉似乎已经升到了顶峰，然后再逐渐地消退。我们的导师是第一个陷入沉思的人，过了一会儿，他说：

“所有这一切都很好，但是，总的来说，生活真是个乏味的事。这些都是虚伪的方式，但是说到内心的觉醒，那就是另外一件事了。明天将会和今天一样，经受着同样的痛苦，家徒四壁、稻草的厩楼、破了洞的靴子、等没完没了。除了工作还是工作，可是快乐在哪儿呢？一个男人最好欺骗自己他能够忍受这一切。再会吧！”

就这样说着，他把镶着破花冠的帽子戴在了头上，系上那几颗仅有的纽扣，点了一支烟，然后挥了挥手说：

“你们请客吧，因为我一分钱也没有，你们保重。你们也许会记住我，也可能会把我忘记——这对我来说都一样。我不是个多愁善感的人。好好保重吧，我善良的孩子们！”

他用低沉而又感伤的语气说完最后一个字，好像与他并不多愁善感的自我很矛盾。这颗可怜的心需要爱，能够像其他人一样的去爱，但是孩童时期的不幸、穷困，以及人们的漠视使得这颗心与现实疏离了。他有一个骄傲的灵魂，所以即便是热情的，也总是惧怕在向某人推心置腹时遭到冷漠的拒绝。

我们又待了一会儿，被一种伤感的情绪所笼罩。这可能是一种不太妙的前兆，因为自那以后我们再也没有见到过那个可怜的导师。他和我们都没有预料到他的胸部得了一种遗传性的疾病，这种病是无法救治的。痛苦、过分的努力、对知识的狂热、无眠的夜晚，以及贫困的生活

候说再见了，但是赛林姆仍在等待着，一动不动地站在窗前，希望能再看看什么。但是，这种期望欺骗了他，那个窗前还是空无一人。只有当我们下了楼，穿过对面黑色的大门的时候，才发现台阶上出现了两只白色的袜子，她穿着浅棕色的裙子，上身前倾着，用一只手遮住了眼睛，但是却在忍不住地偷偷向外看。

赛林姆立刻向大门冲了出去。这时我已经在马车里坐下了，我听到外面传来的低语声和类似于亲吻的声音。然后赛林姆红着脸走出来，似笑非笑地磨蹭着走到我身边坐下。车夫开始驾马启程。赛林姆和我不情愿地望向窗外，发现优泽娅的脸又一次出现在花丛中，握着白色丝帕的手向前挥了挥，另外一只手做着再见的手势，马车转眼间就向大路上跑去，带走了我，也带走了可怜的优泽娅完美念想。

时间很早。这个城市还没有苏醒，玫瑰色的晨曦映照着沉睡中房屋的窗子。只有时不时出现的零星早起的行人迈着慵懒的步伐行走，警卫正在巡视着街道，有时还能听到乡下来的卡车正在呼啸着开往城市中的集市。除此之外一切都是静悄悄的，空气清朗，微风习习，就像往常的夏日早晨一样。

我们的轻便车厢被四匹马拉着行进在路上，看起来就是一个被绳子拉着的坚果壳。不一会儿河岸上冰冷的空气扑面而来，桥面在马蹄的踩踏声下发出吱吱的声响，半小时之后，我们已经出了围栏，身处于一片广阔的麦田之中了。

我们深吸着清晨清凉的空气，眼睛尽情欣赏着四周的美景。大地已经从沉睡中苏醒了，珍珠般的露水有的挂在湿潮的树叶上，有的浮在麦穗上闪着微光。树篱上的鸟儿在叽叽喳喳欢乐地唱着歌，仿佛正在向这个美好的早晨问好。树林和草地从清晨的薄雾中浮现出来，就像层层剥开包装袋而显现的礼物。草地上的露水在四处闪烁着微光，这期间鹳鸟们在一片水百合金色的花朵中涉过。袅袅的炊烟从农家的烟囱中升到了空中，微风将金黄色的麦田吹出阵阵波浪，吹散了夜晚带来的潮气。到处都洋溢着一种欢乐的气息，似乎一切都苏醒了，富有生机了，整个的田间都在忍不住地歌唱：

“当晨曦初现的时刻，面对着这片大地，面朝着无尽的海洋。”

此刻我们的心中燃起一股温情，每个人似乎能够很容易地理解，那些还能记得自己年轻时候在某个美妙的夏日早晨归家的人的心情。孩童岁月和被管教的学生生涯统统被抛在脑后，青年时代的气息在蔓延，就像那拥有无边的地平线的富饶美丽的草原，一个渴望而又未知的土地，我们开始了自己的旅途，每个人都心怀美丽的梦想，年轻、强壮，几乎感觉自己的身上长出了翅膀，就像只年轻的雄鹰那样。世上最宝贵的财富就是年轻，而我们现在不用花一分钱就能拥有它。

我们很快就穿过这条路，因为替换的马匹正在驿站等着我们。第二天的晚上，在经过一夜的旅途之后，我们驶出了一片森林，赫维利出现在眼前，不过仅仅是城里的塔尖露出了头，在初升的太阳下闪着光芒。不一会儿我们上到了水坝，四周栽种着杨柳和水蜡。水坝的两边是磨坊和锯木厂的两个巨大的池塘。池塘里青蛙懒洋洋地咕咕叫着，在被温润的空气暖热的水中游来游去，堤岸的延边上长着郁郁葱葱的草地。又到了一天快休息的时候了。被掩盖在一团尘土中的牧群从大坝上下来回到村落。到处都是扛着镰刀锄头的人们完成了一天的劳动正匆匆忙忙地往家赶，他们唱着“德纳，噢，德纳！”那些善良的劳动人民停在了马车旁边，热情地亲吻赛林姆的手，向他问好。

不一会儿，太阳慢慢西沉了，天边的芦苇遮住了它一半的光亮。只有一条广阔的金色亮光折射在池塘的正中央，岸边的垂柳注视着平静的水面，闪耀在椴树、白杨、冷杉、白蜡树树影之中的正是赫维利宅第的白色墙面。在庭院里听到晚钟的声音，尖塔上传来报告祷告时刻者的低沉的声音，宣告着充满繁星的夜晚正在降临，吟诵着真主阿拉的伟大。伴随着报告祷告时刻者的声音，似乎有一只鹳鸟，像伊特鲁里亚的花瓶一般，高高地站在比宅子还高的树上的鸟窝上，像雕塑般静止不动地休憩着，上仰着的鸟喙就像一只古铜色的箭，然后低下来放在胸前，咯咯地叫着，问好一般地晃动着脑袋。

我看了看赛林姆。他的眼中噙着泪，脸上折射出甜蜜的光芒。就这样我们驶进了院子。

老弥尔扎坐在窗廊下吸烟，蓝色的烟雾飘起来。他用愉快的眼神凝望着这一片为之付出努力和汗水的神奇土地。当看到儿子的时候，他很快地起身，抓住他紧紧地搂在怀中，因为即便他对这个孩子总是很严厉，但是他对孩子的爱超过一切。他立刻询问了考试的事情，跟着又拥抱了起来。很多仆人都跑进来看潘尼奇，小狗们也围着他欢乐地一蹦一跳。一条被驯养的母狼，它是老弥尔扎的爱宠，从门廊那儿跳了下来。“祖拉！祖拉！”赛林姆叫着，它把自己的大爪子放到赛林姆的肩膀上，舔着他的脸，然后像疯了一样在他的周围又跑又跳，高兴地露出它吓人的雪白牙齿。

我们走进餐厅。我满足好奇心般的看着这里面的每一件东西。任何一件东西都没有被改动过，赛林姆的祖先们、军官、伯爵的画像挂在墙上。厉害的轻骑兵上校弥尔扎·索别克斯基像原来一样用他凶狠斜视的眼睛盯着，他被军刀划过的面容看起来仍然那么可怕，令人恐惧。赛林姆的父亲的变化最大。额发已经从黑色变成铁灰色，越发呈现出鞑靼的血统特征。啊，这个父亲和儿子是多么的不同，一个是瘦削的脸庞，坚韧，甚至有些严厉，另外一个脸庞带着天使般的天真，好像一朵新鲜而又甜美的花。对于我来说很难描述老人对赛林姆的那种爱，也很难描述他追随着儿子每一个动作的目光。

不希望打扰到他们，所以我静静地站在一旁。但是这位老人，真是像真正的波兰贵族那样热情好客，他立刻看到了我，拥抱着我邀请我留宿一晚。可是由于急着赶路，我不能在这儿住一晚了，只是应要求必须留下来吃晚饭。

离开赫维利的时候已经很晚了，快到家的时候已经是午夜时间了。村庄里家家户户的窗户都没有亮灯，远远地看到树林边的焦油坑里燃着火光。狗儿在村舍里一声声不停地叫着。通向我家的椴树小路黑漆漆的，即便是瞪大了眼睛也什么都看不见。一个人从旁边走过，用低低的嗓音哼唱着歌，但是我看不清他的脸。我走到门廊下，里面还是黑着窗。很明显，所有人都在睡觉，但是狗儿从四处蹿了出来，欢快地围着马车叫唤。我从车上跳了下来，敲了敲门，很长时间都没有人应答。最后我都有点生气了，本以为他们会一直等着我的。过了一会儿，我看见窗格中跳跃着一抹亮光，然后我听到弗兰尼克慵懒的声音问道：

"是谁在那儿？"

我回答了一声。弗兰尼克立刻打开了门，俯下身来亲吻我的手。

"家里都还好吗？"我问。

"挺好的，"弗兰尼克回答，"但是老爷去镇上了，可能明天才能回来。"

就这么说着话，他把我引到餐厅，点燃了桌子上方的挂灯，然后去沏茶。我一个人坐在那儿呆呆地想了一会儿，感觉心脏跳得飞快。但是就那么很短的一段时间，因为路德维克神父跑了进来，穿着睡袍，而善良的潘妮·德叶维斯也穿着白色的睡袍，头上戴着睡帽，而且一如既往地插着纸屑，而卡泽欧早在一个月之前就从学校放假回家了。

善良的人们围着我嘘长问短，感叹我已经长大了，牧师坚持认为我已经长成男子汉了，而潘妮·德叶维斯觉得我长得更加清秀标致了。

可怜的路德维克神父对我嘘寒问暖了一会儿，然后怯生生地问我考试成绩和学位。当他听到我的成绩时，他哭了，把我搂进怀里亲切地叫着我的名字。这时从房间里传来光着脚走路的声音，我的两个妹妹跑了进来，穿着睡衣戴着小睡帽，反复地嚷嚷着："亨瑞克回来了！亨瑞克回来了！"然后爬到我的膝上。任潘妮·德叶维斯怎么羞她们也于事无补，只能无奈地说着这两个小姐真是不听话的小东西（一个八岁，另一个九岁），总是胡乱穿穿就跑出来见人。这两个小东西一句话都没说，只是用她们的小胳膊紧紧地抱着我的脖子，然后亲我的脸颊。过了一会儿，我小心地问起哈尼娅。

"哦，她也长大了！"潘妮·德叶维斯说，"她马上就来，我想她现在可能在穿衣服。"

事实上，我没有等多久，可能过了五分钟吧，哈尼娅走了进来。我看着她，噢，看看这个曾经单薄的瘦弱的十六岁孤儿在半年间的变化有多大？在我面前站着一位几乎已经成熟了的，或者至少正在成熟的年轻姑娘。她的体形变得不可思议的丰满和圆润。她有细腻而又健康的肤色，脸颊红润，就像晨曦反射上去的一样。从她的身上散发出一种健康的、年轻的、新鲜的和迷人的气息，就像闻到一朵初开的玫瑰的芬芳。我注意到，她那蓝色的大眼睛正用一种好奇的眼神看着我，但是我也看出来，她一定是发现此刻的我对于她所流露出的赞美和爱慕之情，因为一抹不可察觉的笑意洋溢在她的嘴边。带着这种好奇，我们正在悄悄地注视着对方，掩盖着一个青年和一个姑娘之间难以名状的羞涩。噢，那种单纯的兄妹之情、玩伴之情，都随着这一刻飘向迷雾般的森林，永不复返。

噢，带着那种笑容的她，和眼中浮现出静谧欢愉的她是多么的美丽！餐桌上方的挂灯散发出的光亮洒在她金色的头发上。她穿着一件黑色的睡衣，手捂着雪白的脖颈下方的胸脯，但是这种匆忙穿衣的样子明显地衬托出她某种迷人的凌乱。身上散发出一种暖人的睡意。当我碰到她的手表示问好的时候，她的手温暖、柔软、细腻得像绸缎一般，和她的手相碰的时候，一种快乐的战栗顿时穿透了我的全身。哈尼娅心理上的成长同她身体上的发育一样的完美。我走的时候，她还是个单纯姑娘，算是半个仆人，可是现在，她已经成长为一个年轻的小姐了，神情高贵，步态优雅，显示出良好的教养和气质。她从道德上和心理上都已经被唤醒了，眼神中透露出一种心灵释放的渴望。从各个方面看，她都已经不再是个孩子了，她那难以名状的笑意，那种在我眼中浮现的单纯的妩媚，这一切都显示出她已经发觉我们之间的关系发生了多大的改变。不一会儿我发现她产生了某种优越感，因为对于我来说，虽然我已经在学习方面、在生活方面，在理解每一个位置和每一句话方面都得到了很好的训练，但是，我仍然是个相当单纯的男孩。哈尼娅在对着我的时候，她显得更加的自在。而我这个监护人和少东家的自豪感早就消失得无影无踪了。在回家的路上我就已经开始设计自己如何向哈尼娅问好了，向她说些什么，如何显得亲切而又宽容，但是这些设计在瞬间全然溃败了。现在的情形成了她是那样亲切友好地对我，而不是我那样地对她。起初我还没能清楚地理解这一点，但是我感觉到了。我本想让自己问她都学了哪些知识，如何打发日常的时间，潘妮·德叶维斯和路德维克神父是否都对她的表现满意，但是现在，倒成了那个嘴角含笑的她在问我，问我平时都在做些什么，都学了哪些知识，以及我以后的打算。

所有的一切都和我设想中的截然不同。简单地说，就是在某种程度上，我们之间的关系已经完全翻转了。

在说了个把钟头的话以后，我们就各自去睡觉了。我回到自己的房间，有点昏昏欲睡，有点惊讶，也有点受骗的感觉和沮丧感，五味杂陈。苏醒的爱情又一次开始迸发出来，就像一支窜出溃然崩塌的房屋的火焰，不久就被这些感觉完全地覆盖。后来，只是哈尼娅的形象，那个丰满、迷人的姑娘的形象，就像我刚才看到的那样妩媚，萦绕着睡意般的温暖，白皙的手覆在胸脯上捂住她那匆忙穿好的睡衣，还有她迷人的长发，这一切都唤起了我年轻的想象。

就这样想着她的模样，我渐渐入睡。

第六章

第二天一早，我就爬起来跑到花园里。清晨是如此的美丽，到处都充满了晨露和花朵的香气。我快步走到鹅耳枥木桩那边，因为我的心告诉自己可以在那里找到她。但是很明显我这颗太敏感的心欺骗了自己。哈尼娅并不在那儿，一点踪迹都没有。只有在早餐过后我才有机会和她单独待一会儿。我问她是否愿意去花园里走走。她欣然同意了，然后跑进她的衣柜室，出来的时候，头上戴着一个宽边的大草帽，遮住了她的前额和眼睛，手上还拿了把阳伞。她调皮地从帽檐下冲我笑了一下，好像在说："瞧瞧我现在的样子。"

我们一起来到花园。我向鹅耳枥木桩走去，一路上都在考虑着自己的开场白，也想着那个肯定比我说得好的哈尼娅一定会看着我出洋相。我在她的身边静静地走着，用手鞭抽打着路边的花朵，直到哈尼娅的一声笑打破了沉默。

“潘·亨瑞克，”她抓住鞭子说道，“这些花儿们招惹了你吗？”

“哈尼娅，花能对我怎么样？但是你看，我不知道如何开始我们的对话，你的变化太大了，哈尼娅，啊，你是怎么变成这样的！”

“假如真的是这样，那会让你生气吗？”

“不能说这让我生气了，”我有些懊悔地回答，“但是我还不习惯这样，因为似乎对于我来说，我从前所认识的小哈尼娅和现在的你是完全不同的两个人。那个小哈尼娅已经留存在我的记忆中，我的心中，就像个妹妹一般，哈尼娅，所以——”

“所以，”（这时候她指了指自己）“这个人是个陌生人，不是吗？”她低声问道。

“哈尼娅！哈尼娅！你怎么会这样想呢？”

“即使有点伤感，但这是非常自然的，”她回答，“你的内心在寻找那种旧时玩伴的感觉，但是没找到，事实就是这样。”

“不，我的内心不是在寻找那个从前的哈尼娅，因为她一直都留在我的心里。但是，我是在从你的身上寻找她的痕迹，对于我的内心来说——”

“对于你的内心来说，”她欢快地打断了我，“我能猜到它发生了什么样的变化。它已经和其他的可人儿一起留在华沙的什么地方了。这很容易就猜到！”

我深深地看着她的眼睛。我不知道她只是在挖苦我，还是想看看昨天她的出现会在我身上产生什么效果，而且我还不能为之逃避，但是，她正在有点残忍地和我玩着游戏。突然间我内心产生了一种抗拒感。我想我一定在用一张极其可笑的脸，带着无可救药的受伤表情看着她，所以，我控制了一下自己的情绪，说道：

“如果这是真的呢？”

一种显而易见的惊讶表情，也可以说是不满的表情在她的脸上流露出来。

“如果这是真的，”她回答，“那就是你变了，不是我。”

她稍微皱了皱眉，从帽檐下看着我的眼睛，然后就不说话了。我努力隐藏着她的话语给我带来的快感。“她说，”我想着，“如果我爱上了其他人，就是我变了，所以，她并没有改变，她——”出于高兴，我不敢断然结束这个聪明的推理。

尽管这样，并不是我改变了，而是她变了。那个半年前还对世界一无所知的小丫头，那个脑袋空空完全不知所云的小丫头，现在却在像朗诵课本一般自由而准确地表达着自己的思想。这个孩子的思想发生了多么复杂的改变？但是这个女孩身上也发生了多么奇妙的事，似乎一夜之间从孩子变成了女人，带着成熟女人的感觉和想法。对于哈尼娅来说，她反应敏捷、富有才华、敏感，正在度过她的十六岁年华，在社会的另外一处天地里学习、看书和阅读，有可能这一切还是秘密在做的——所有这一切都远远不够。

这个时候，我们正在肩并肩地散着步，谁都不说话，哈尼娅首先打破了沉默。

“这么说你真的爱上一个人了，潘·亨瑞克？”

“可能是吧。”我微笑着回答。

“那么你得为离开华沙而难过了？”

“不，哈尼娅，要是我从来没有离开这儿的话，我会更高兴的。”

哈尼娅很快地瞥了我一眼。显然她是想说点什么，但是什么都没说。但是过了一会儿，她用阳伞轻轻地敲打着自己的裙子，好像自言自语一样的说：

“噢，我真是个孩子！”

“为什么这么说呢，哈尼娅？”

“噢，那么——我们还是坐在长凳上说点别的吧。从这里看风景漂亮吧？”她问我，嘴角带着一抹了然的笑意。

她在离栏栅不远的地方坐下，头顶上是参天椴树的树荫。从这个角度看过去，池塘、大坝还有远处的树林尽收眼底，风景的确优美。哈尼娅用她的阳伞指着让我看，尽管我也是个美景的爱好者，但是此刻却一点也不想看——首先，我知道一定会很美；其次，在我美丽的哈尼娅面前，周围的一切美景同她比起来都显得暗淡无光；而且，我正在想着其他的事。

“这些树在水面上的倒影是多么清晰啊！”她说。

“我知道你是个艺术家。”我回答说，连看都没看什么树或者水面。

“路德维克神父正在教我素描。噢，在你离开的这段时间我已经学了不少了。我想着——但是，你怎么了？生我的气了吗？”

“不，哈尼娅，我没有生气，因为我不会对你生气的，但是我知道你回避了我的问题，这才是关键，我们都在玩捉迷藏的游戏，而不是像小时候那样坦诚地面对对方。也许你没有发觉这一点，但是对于我来说，这样很让我厌恶。”

这简单的几句话只产生一个效果，那就是让我们更加迷惑不安。哈尼娅向我伸出双手，真的是这样，我过于大力地握着，噢，这种感觉真是太可怕了！我快速地俯下身亲吻着，一点都不像一个监护人该做的那样。然后我们思维混乱到了极点。她脸红到脖子了，我也是，最后我们沉默了，谁也不知道用什么方式才能开始那段坦诚的对话。

后来，她看着我，我也看着她，脸又一次地红了。我们像两个布娃娃似的挨坐着，我好像都能听见自己心脏急速的跳动声了。这样的姿势真是难熬。有时候我感觉有一只手正在抓住我的衣领把我甩到她的脚下，而另外一只手却在紧紧地抓住我的头发不让我这么做。突然间哈尼娅站了起来，然后糊里糊涂地急切说道：

“我必须走了。得在这个时间上潘妮·德叶维斯的课。已经快十一点了。”

我们原路返回，一路上还是保持沉默。我像来时一样，还是用手鞭抽打着花朵，但是这次她却没有说什么。

“我们之前的亲密关系就这样被完美地找回来了，基于这一点还有什么好说。上帝啊！圣母马利亚！我究竟怎么了？”当哈尼娅把我一个人留下的时候，我这样想着。我陷入了爱情，兴奋得连头发都根根竖了起来。

就在这个时候，牧师走了过来，带我去看管理上的事。在路上的时候，他告诉了我许多关于我们产业的事情，虽然我装作听得很认真，但其实一句话都没有往心里去。

我的弟弟卡泽欧正在快乐地度过他的假期，他可以花掉一整天的时间去玩射击、骑马或者是划船，在这个时刻，他正在院子里骑着一匹小马疯跑。当看见我和牧师的时候，他骑着这匹枣红马飞快地向我们跑来，像疯了一样扬起前腿直立起来，他让我们欣赏这匹马的体态、爆发力和速度，然后下了马和我们一起走。我们一起去了马厩、牛栏和谷仓，在正要去田地的时候，我们被告知父亲回来了，所以我们就回家了。

父亲用比以前更温和的态度问候了我。当他听到考试成绩的时候，他把我搂到怀里，告诉我说自此他就把我当成大人看待了。事实上，在关于我的事情方面，他已经发生了很大的改变。他更加地信任和喜爱我了。他立刻向我谈起关于财产收益的事，向我透露了他购买隔壁一处房产的计划，并询问我的意见。我估计，他之所以说这些，是为了让我知道他是多么认真看重我作为一个成熟男人和长子的位置。同时，我注意到他对我个人和学习上的表现是满意的。当我把从教授那里得到的推荐信交给他的时候，作为家长的那种骄傲感被立刻放大了。同时，我也注意到，他正在揣测我的性格、我思考的方式、我对荣誉感的态度，他有意地向我提出各种类型的问题来揣测我的内心。很明显，家长的这种审视态度是很有用的，因为即便我的哲学观和社会准则完全地与他不同，也不能随便提出来，在其他的想法上我们也没有出现意见分歧。所以，父亲严厉的脸庞散发出前所未有的光彩。那天我获得了他的一份礼物，他给了我一对手枪，在不久前他还拿着这一对手枪同潘·佐进行了一场决斗，而且手枪上还标记着他年轻时候在军队服役期间发生的另外一些决斗的日期。后来我又得到了一匹具有东方血统的极好的马，还有一把祖先传下来的古老的军刀，刀柄是由石头制成的，宽阔的大马士革刀片上雕刻着圣母马利亚的图像和铭文：“上帝！圣母马利亚！”这把军刀是我们家族最珍贵的纪念物之一，多年来都是我和卡泽欧捶胸叹息的对象，因为它能够不费吹灰之力地斩断钢铁。父亲在送给我这把刀的时候，他拔出刀鞘，来回舞弄了好几次，在空中发出嗖嗖的声音，伴随着一道道耀眼的闪光，然后他拿着这把刀在我的头顶上方划了一个十字，亲吻了下刀刃上圣母马利亚的图像，一边把它递到我的手上，一边说：

“把它交给值得拥有的人！我没有让它蒙羞，除了给你，没人能够配得上它！”然后我们互相拥抱了对方。这个时候，卡泽欧高兴地抓住这把刀，即使还是个十五岁的小伙子，但是他已经长得出奇的壮实，他开始挥舞刀柄，又快又准，称得上是一个受过剑术训练的人。父亲满意地看着他说道：

“他舞得真是完美，但是你会做需要做的事，难道不是吗？”

“我会的，父亲。我甚至能够打败卡泽欧。在所有剑术训练的伙伴中，只有一个人能超过我。”

“是谁？”

“赛林姆。”

父亲的脸歪了一下。

“赛林姆！但是你不是比他长得更强壮吗？”

“与这个无关。怎么样才能让我和他比试一下呢？赛林姆和我从没有比试过。”

“唉，什么样的事都有。”父亲回答。

那天的晚饭过后，我们都坐在宽阔的被蔓藤覆盖着的门廊下，从这能看到整个前院的风景，也能瞧见远处被椴树围绕的林荫小路。潘妮·德叶维斯正在为小教堂赶制圣餐台的餐巾，父亲和牧师吸着烟管、喝着黑咖啡。卡泽欧在门廊前绕着圈追逐着越飞越快的燕子，想着什么时候能给它一弹弓，但是父亲不让他这样做。哈尼娅和我在看我带回家的画作，其实我一点都没关心画作的事，对于我来说，这些无非就是在我凝视哈尼娅时遮挡别人目光的东西。

“好吧，说说你觉得哈尼娅怎么样？她看起来让你觉得丑吗，我高贵的监护人？”父亲问道，用开玩笑的眼神看着这个女孩。

我开始非常认真地盯着一幅画，头也不抬地回答道：

“父亲，她一点都没变丑，而是长高了，也发生了一些改变。”

“潘妮·德叶维斯已经责备过我的这些变化了。”哈尼娅随意说道。

我为她在父亲面前所表现的勇敢而感到吃惊。我自己都不能这么随意地提到有关责备的话题。

“哦，她变老还是变漂亮有什么关系！”路德维克神父说，“但是她学东西很快，学得也很好。让德叶维斯夫人来告诉你她学会法语有多快。”

要知道这位牧师虽然受过良好的教育，但是他不懂法语，即便是和潘妮·德叶维斯在我们这个屋檐下已经共同生活很多年了也没学过一点。法语就是这个可怜的老头儿的软肋，所以他把会说法语当成学习成绩好的一个必不可少的标志。

“不能否认，她学得很轻松，也很乐意去学，”潘妮·德叶维斯转向我回答，“但是我还得抱怨她两句。”

“哦，潘妮！我又犯了什么错啦？”哈尼娅十指紧握着喊道。

“什么错？你得立刻在这儿作出解释，”潘妮·德叶维斯回答，“想想看，这样一个年轻的小姐，在她一有时间的时候，就立刻拿起小说来看。而且，我可以肯定地说，在她上床睡觉的时候，并没有立刻吹熄蜡烛睡觉，而是整晚地在看书。”

“她这样做确实不好，但是我知道根源是因为她在以自己的老师为榜样。”父亲说道，他在幽默的时候总是喜欢戏弄潘妮·德叶维斯。

“行行好吧，我已经是四十五岁的人了。”这个法国女人回答。

“为什么不可能呢，想想看，我说错了？”父亲回答，“你是故意的。”

“我不知道其他的，但我知道这个，那就是如果哈尼娅从什么地方拿到了书，一定不会是从图书馆那里，因为路德维克神父拿着钥匙。所以最该受批评的应该是老师吧。”

事实上，潘妮·德叶维斯在她全部的人生生涯中都在读小说，而且总是喜欢给每一个人讲，她一定是给哈尼娅讲了一些，所以，即使父亲的言语中有一些是半开玩笑性质的，这其中也一定隐藏着有意强调的某种事实。

“哦，看！有人来了！”卡泽欧突然喊道。

我们一起向椴树中间的绿荫小路看去，在路的尽头，大概有一俄里那么远吧，我们看见一团扬起的尘土正在以极快的速度向我们靠近过来。

“能是谁呢？瞧这速度！”父亲站起来说，“这么大的尘土让人看不清楚他是谁。”

事实上，天气太热了，已经有两个多星期不曾下雨，所以沿路扬起了一团团灰白的尘土。我们徒劳地看了一会儿那团不断靠近的尘土，它已经离前院差不多只有几十步远了，尘土中露出一匹马的头部，红色鼻孔张大着，眼神暴躁，鬃毛飞扬。这匹白马在极速奔驰，马蹄几乎沾不到地，而骑在马背上，以鞑靼人骑马的方式稍稍屈身的那个人，不是我的朋友赛林姆还能有谁。

“赛林姆来了，赛林姆！”卡泽欧喊道。

“那个疯子在做什么？大门已经关了！”我一边跳起来一边喊。

没有时间打开大门了，因为没有人能立刻赶到那儿。同时，赛林姆像疯了一样任意地策马奔跑，我们几乎都要肯定他一定会在那个两米多高而且顶部带尖的大门处跌倒。

“哦，上帝宽恕他吧！”牧师喊道。

“大门！赛林姆，看着大门！”我就像着了魔一样的尖声叫道，挥舞着我的手帕，拼命地奔跑着穿过院子。

差不多离大门还有五码的样子，赛林姆在马背上绷直了身体，然后闪电一般地快速目测了一下大门。接下来，门廊那边传来了女人的尖叫声，马蹄阵阵，只见这匹马扬起前蹄，起身飞跃到空中，一刻也没有停顿地以最快的速度跳过了大门。

当站到门廊前方的时候，赛林姆控制住骏马，以便这个畜生的蹄子能够在地面上站稳，然后，他从自己的头上一把抓下帽子，帅气地挥舞着，然后喊道：

“你好吗，我亲爱的主人？你好吗？向我慷慨的大善人致意！”他一边向父亲鞠躬一边喊道，“向亲爱的牧师，潘妮·德叶维斯，潘娜·哈尼娅致意！我们又聚在一起了。万岁！万岁！”

然后他从马背上跳下来，把缰绳丢给刚刚从门厅里跑出来的弗兰尼克，他拥抱了一下父亲，然后是牧师，并且对女士们使用吻手礼。

潘妮·德叶维斯和哈尼娅被刚才的一幕吓得脸色煞白，所以她们向赛林姆问好的表情就好像他刚刚经历了九死一生一样。

“噢，你在学疯子吗，真是个疯子！你刚才让我们多害怕啊！”路德维克神父说，“我们还以为你不想活了。但是，为什么要这样？”

“那个大门。它怎么可能被这样任意地跨越过来？”

“任意跨越过来？我看得很清楚，那个大门是关着的。哦，我可有一双完美的鞑靼眼睛。”

“你那样地跨越过来不感到害怕吗？”

赛林姆笑了。“一点也不害怕，路德维克神父。但是对于这事，该受表扬的应该是我的马，而不是我。”

“你真是个胆大的孩子！”潘妮·德叶维斯说。

“哦，是真的！并不是所有人都能那样做。”哈尼娅补充说道。

“你是想说，”我接道，“并不是每一匹马都能跨过那扇门，因为能做这种事的人太多了。”

哈尼娅久久地看着我。

“我不建议你那样做，”她说，然后面带仰慕之情地转向赛林姆，的确，这种冒险的行为就是鞑靼人用来取悦女人的一种鬼把戏。真该看看那个时刻的他，健康乌黑的头发垂在前额，脸颊由于刚才剧烈的运动而泛着润红，闪烁的眼睛散发出高兴愉悦的光芒。当他站在哈尼娅身边，好奇地望着她的时候，没有哪个艺术家能够想象出比这还要完美的一对眷侣。

但是，我被她的话语深深地刺到了。似乎对我来说“我不建议你那么做”这句话听起来是那么具有讽刺意味。我用一种询问的眼神看着父亲，他刚才还在仔细地查看赛林姆的马。我知道他的家长情结，我知道他会嫉妒有人在任何方面都超过我，在这一点上，他对赛林姆已经生了很长时间的气了。所以，我判断如果想要展示自己的马技并不输赛林姆的话，他一定不会反对的。

“那匹马奔跑得很好，父亲。”我说道。

“是的，那个鞑靼孩子坐得很稳，”他喃喃地说，“你能够跟他一样吗？”

“哈尼娅对此有点怀疑，”我酸楚地回答。“我可以试一下吗？”

父亲犹豫了一下，看了看大门，看了看那匹马，最后看了看我，说：

“祝你平安。”

“当然！”我悲伤地大声呼喊，“这总好过在赛林姆面前把我比作一个老太婆。”

“亨瑞克！你在说什么啊？”赛林姆用胳膊环绕住我的脖子喊道。

“奔跑！奔跑，孩子！用尽你的全力去做。”父亲说，他的骄傲感已经被触动了。

“把马牵过来！”我对弗兰尼克说，此时他正牵着这匹疲惫的马在院子里溜圈。

“潘·亨瑞克！”哈尼娅站起来喊我，“这么说，我是这场试验的罪魁祸首了。我不希望这样，一点都不希望这样。请别这样做，别这样，看在我的分儿上！”

在说话的时候，她看着我的眼睛，好像在希望用眼神来结束这场对话，因为她已经不知道该如何表达了。

噢！为了那个眼神，那时的我可以为之挥洒掉最后一滴鲜血，但是我不能也不愿意就这样退缩。我那不可冒犯的骄傲感此刻变得无比的强大，所以我调整了一下自己的情绪，然后冷淡地回答：

“你误会了，哈尼娅，不要认为是你引起了这场试验。我这么做纯粹是为了自娱自乐。”

就这样说着，不管其他所有人的抗议，除了父亲，我骑上马向椴树小路那边走去。弗兰尼克为我打开了门，又在我出去之后关上。我心里五味杂陈，审视着那扇是我的两倍高的大门。当我骑着马走了大概三百码的时候，我掉转了马头开始小跑，然后立刻开始疾奔。

突然我发现马鞍有点松动。有两种可能发生，一是在刚才的那场跳跃过程中把马的肚带撑拉过大了，二是可能刚才弗兰尼克把马鞍松了松，让马儿能呼吸顺畅些，可能是这人的脑子有点笨，或者是忘了，所以都没有告诉我。

但是现在说什么都晚了。马儿在急速地向大门靠近，我也不想让它停下来。“如果我杀了自己，那么就是我应该杀了自己，”我想。我痉挛般地夹紧马肚。耳边响起呼呼的风声。突然间大门出现在我眼前，我挥鞭扬马，一声尖叫从门廊处传来，振动着我的耳膜，眼前渐渐地变黑了，过了一会儿，我从昏迷中醒过来。

我突然跳起来。

“发生了什么事？”我喊道，“我被丢下马了吗？我刚才晕了过去。”

父亲、牧师、潘妮·德叶维斯、赛林姆、卡泽欧，还有面如纸灰、眼角挂泪的哈尼娅都围在我的身边。

“这是怎么回事？这到底是怎么回事啊？”周围一片哭泣的声音。

“什么事都没有。我被丢下马了，但是不是我的错，因为马的肚带被拉得过长了。”

事实上，在短暂的昏厥之后，我感觉无恙，只不过呼吸有时还是不顺畅。父亲俯下身来，抚摸着我的双手、双脚和肩膀。

“没有受伤吧？”他询问。

“没有，我很好。”

我呼吸平稳下来。但是我心里有点生气，因为我想我看起来真是荒谬——我一定看起来很荒谬。在摔下马的时候，我被重重地甩过马路，掉在路边的草地上。正因为这样，我肘部和膝盖部位的布料都被染上了绿色，头发和衣服皱成一团。但是我却因为这个不幸而因祸得福了。在一分钟之前，作为一位客人，作为一位刚刚远道而来的客人，赛林姆成功地成为众人的焦点，但是现在，牺牲了膝盖和肘部的我，胜利地从他手中接过了接力棒。一直在默默沉思中的哈尼娅，恰当地说，引起这场灾难的可能让我输得很惨的哈尼娅，试着用她的关心和甜蜜弥补着刚才的莽撞。在这种气氛下，不一会儿我就从刚才的恐惧中脱离，重新快活起来。我们真是能自娱自乐啊。哈尼娅以女主人的态度服侍我吃完午饭。然后我们一起去了花园。在花园里的时候，赛林姆像小孩子一般变得爱恶作剧，他又是笑又是闹，而哈尼娅只是一心地要帮助他。

“我好奇地想知道，”哈尼娅说，“谁是最快活的人！”

“哦，当然是我了。”赛林姆回答。

“但是有可能是我吧。我天生就这么乐观。”

“但是最不乐观的就是亨瑞克，”赛林姆接嘴说道，“他天生就是个要尊严而且有点伤感的人。要是他生活在中世纪，那么一定是个剑客或者民谣歌手，只不过他不会唱歌。但是我们，”他转向哈尼娅继续说道，“是及时行乐的人。”

“我不同意你这么说，”我回答，“对于任何被定义的性格，我都倾向于相反的那一个，因为在这种情况下一个人会拥有其他人所欠缺的品质。”

“谢谢，”赛林姆回答，“我承认你天生就爱哭哭啼啼的，而潘娜·哈尼娅总是笑嘻嘻的。好吧，就这么办：结婚吧，你们俩——”

“赛林姆！”

赛林姆看着我开始大笑起来。

“好吧，年轻人？哈哈！还记得西塞罗的演讲词‘commoveri videtur juvenis’这句波兰语的意思吗：这个年轻的男子看起来有些困惑。但是这一点意义都没有，因为甚至是你都毫无道理地脸红得厉害：潘娜·哈尼娅，他特别会烹饪小龙虾，而现在他因为自己和你，都把自己弄得脸红了。”

“赛林姆！”

“没事，没事！回到我的主题，你，这位先生，你是个爱哭鬼，而你，这位年轻的小姐，你是个乐天派，你俩结婚吧。会发生什么事呢？他开始哭哭啼啼的时候，你却在大笑，你们永远不会理解对方，也不会认同对方，你们总是意见相左。哦，换成我就完全不同了：我们会在生活中笑语连连，快乐地度完此生。”

“你在说些什么啊？”哈尼娅回答，然后俩人都痛快地大笑起来。

对于我来说，我一点都不想笑。赛林姆并不知道，他在劝说哈尼娅认定我俩的性格差异方面对我有多不公平。我已经愤怒到了极点，然后用讽刺的语气回答赛林姆：

“你的观点很奇怪，这次尤其让我惊讶，我发现忧郁个性的人似乎是你的软肋。”

“我？”他吃惊地问我。

“是的。我只帮你回忆某个小姐好了，吊钟花丛中浮现出的美丽小脸。我向你保证，我不知道还有一张这么忧郁的脸。”

哈尼娅鼓起掌来。

“噢！我又知道些新八卦了！”她笑着嚷嚷，“她漂亮吗，潘·赛林姆，她漂不漂亮？”

我想赛林姆一定会头脑混乱变得泄气起来，但是他仅仅说道：

“亨瑞克？”

“怎么了？”

“你知道我是怎么对付那些嚼舌头的人吗？”他笑着说。

哈尼娅坚持让他告诉自己这个女孩的名字，他不假思索地告诉了她：

“优泽娅。”

但是一旦他假装成某个样子，那他必须为自己的这种真诚付出昂贵的代价，因为哈尼娅从那以后一直到晚上都没让他清静过。

“她漂亮吗？”

“哦，是挺漂亮的。”

“她的头发是什么样子的，还有眼睛呢？”

“都很漂亮，但是并不完全是因为这一点才让我钟情于她的。”

“哪一种样子对你最具吸引力？”

“金色的头发，亲切可人的蓝色眼眸，就和我此刻正面对的这个人一样。”

“噢，潘·赛林姆！”

哈尼娅皱着眉头，但是双手合十故作仰慕状的赛林姆却乐在其中，眼中流露出无法比拟的甜蜜，然后开始说：

“潘娜·哈尼娅，别生气了。瞧瞧我这个可怜的小鞑靼人都做了什么？别生气了！让我家的小姐笑笑吧。”

哈尼娅看着他，怒气顿时烟消云散。

他轻而易举地让她着了迷。此刻的她，嘴角上洋溢着微笑，眼睛变得更加闪亮有神，脸庞容光焕发，最后，她温柔地回答：

“好吧，我不生气了，但是我希望你也别闹了。”

“我会的，就像我爱穆罕默德一般的向你保证，我会的。”

“你非常爱你的穆罕默德吗？”

“永远追随在他左右。”

然后他们俩又一起笑了起来。

“但是现在，告诉我潘·亨瑞克爱的是谁？我问过他，但是他没有告诉我。”

“亨瑞克？你知道，”（这时他斜了我一眼）“可能他现在还没有爱上任何人，但是他会爱上某个人的。哦，我太了解他了！对于我来说——”

“对于你来说怎样？”哈尼娅询问道，试图掩盖她的失态。

“我也是这样——但是等一下，他可能已经爱上某个人了。”

“我求你别说了，赛林姆。”

“你真是个诚实的男孩，”赛林姆一边说一边用胳膊绕着我的脖子，“啊，你看看他多诚实啊！”

“哦，我知道，”哈尼娅说，“我记得他在祖父去世后为我做的一切。”

随后一团伤感的乌云笼罩在我俩的上空。

“我告诉你，”赛林姆说，希望改变一下话题，“在考试过后，我们和导师一起狂欢了一下——”

“喝酒了？”

“是的。哦，那是一种不可避免的习惯。所以当我们喝酒的时候，我就成了一个——你知道的——昏头昏脑的家伙，为你敬了一杯。我的表现太愚笨了，但是亨瑞克跳了起来：‘你怎么可以在这种地方提起哈尼娅？’他对我说，因为那个地方是个地窖酒吧。我都快打起来了。但是他不会让任何人冒犯你，不会——”

哈尼娅向我递过双手。“你真是好，亨瑞克？”

“好吧，”我回答，由于赛林姆的话而感到非常激动，“你自己说，哈尼娅，赛林姆刚才不也非常的诚实吗？告诉你这些话。”

“哦，多么伟大的诚实！”赛林姆笑着说道。

“但是，那是因为，”哈尼娅回答，“你值得对对方真诚，我们在一起的时光是多么的快乐美好。”

“你是我的女王！”赛林姆狂热地喊道。

“绅士们！哈尼娅！一起来喝茶吧！”潘妮·德叶维斯在花园走廊冲我们喊。

我们一起去喝茶，三个人的心情都不错。桌子放在门廊的下面，烛光在玻璃罩子中燃得正欢，飞蛾扑扇着翅膀围着它绕圈，表演着飞蛾扑火的游戏，野葡萄的叶子随着暖人的夜风发出沙沙的声响，远处白杨树的上方升起了一轮皎白明亮的月亮。哈尼娅、赛林姆和我刚才最后的谈话把我们带入了一种非常奇妙的氛围，此刻的大家都在用一种温和友好的调子说着话。老人家们似乎也被这样静谧的夜晚所感染，父亲和牧师面容安详，跟此刻晴朗的天空一样。

在喝过茶之后，潘妮·德叶维斯开始玩纸牌，父亲开始幽默地说起从前的事，那些总是能够给他带来美好的回忆。

“我记得，”他说，“我们在科偌斯诺斯坦维的一个村庄附近停驻过一回。那天晚上夜很黑，伸手不见五指。”（这时候他吸了一口烟，烟雾在灯光的照射下袅袅升腾）“大家一个个累得跟死狗一样。我们都静静地站着，然后——”

这就开始了一段他精彩的讲述。已经听过不止一次的牧师仍旧不再吸烟了，专心地听着故事，只见他把眼镜推到额头，还不住地点着头，反复回应着“嗯！嗯！”，要不就是大声地喊着“上帝啊！圣母马利亚！然后呢？”

赛林姆和我相互靠着对方，眼睛却盯着父亲，热切地想知道后面的故事。真是无法用确切的语言来描述赛林姆此时的表情。他两眼发光，脸上带着一抹激动的红晕，迸发出他火热的东方人个性。他几乎不能在一个地方坐定。潘妮·德叶维斯微笑地看着他，并用眼神示意哈尼娅，俩人开始认真地观察起他来，因为他们都被那张脸逗乐了，那张脸就像是一面镜子，或者是一片水面，任何的风吹草动都能让它引起连带反应。

直到现在，我一回想起那样的夜晚，内心都止不住地泛起涟漪。那微波习习的水面、那布满云彩的天空，一切都已经过去了，但是记忆的翅膀已经打开，一幕幕的画面放映在我眼前：村庄里的宅院，夏日的夜晚，和睦、相亲相爱、快乐的一家人——头发灰白的老兵在诉说他从前的故事，青年人们听得热血沸腾，父亲的脸上洋溢着满足的笑容——唉！那样的日子再也不会有了。

这个时候，时钟已经指向十点了。赛林姆跳了起来，因为他被要求在当天晚上赶回家。大家决定一起送送他，把他送到椴树林尽头靠近第二个大门的十字路口那里，我送得更远些，一直到草地那里才停下。我们说着就出发了，但是卡泽欧没有去，生活极其规律的他此刻已经进入梦乡了。

哈尼娅、赛林姆和我在前面带着路，我们俩用缰绳控制着马匹，哈尼娅走在我俩的中间。三个老年人走在后面。此时小路上已经非常黑了，月亮只是从浓密的树叶缝隙中透出点光亮来，在黑暗的乡间小路上洒下银色的斑驳。

“我们唱个歌吧，”赛林姆说，“老歌或者是好听的歌，比如关于海弗兰的歌。”

“没人唱那个，”哈尼娅回答说，“我知道另外一首：‘噢，秋日，秋日，枯黄的落叶！’”

最后，我们一致同意以“海弗兰”为开头曲，因为牧师和父亲都非常喜欢这首歌，这使他们回忆起从前的日子，然后唱“噢，秋日，秋日”！哈尼娅嫩白的手放在赛林姆马匹的鬃毛上，然后开始放声唱道：

“月亮下沉了，狗儿都在睡觉；但是有人在松木林远处拍手。当然，海弗兰，我亲爱的宝贝，正在眺望，在她最钟爱的枫树下等我归来。”

当唱完一曲的时候，老人们的声音从背后的黑暗中传来“好极了！好极了！再来一首”。我努力地陪着他们唱，但是自己的歌喉确实欠佳，但是哈尼娅和赛林姆有副好嗓子，特别是赛林姆。有时候，当我太跑调的时候，他们就一起取笑我。然后他们就哼哼其他的曲子，这个时候我就想：“为什么哈尼娅要抓住赛林姆马匹的鬃毛，而不是我的？”那匹马特别的招她喜欢。有时候她依偎到它的脖子上，或者轻轻地拍拍它，反复地说“我的骏马啊，你是我的”！这时候这匹温驯的马儿就向着她的手张着鼻孔、喘着鼻息，好像在寻找蜜糖一般。所有的这一切又让我开始感到沮丧了，除了那只放在马匹鬃毛上的手儿，我眼中什么都放不下了。

这时候，我们已经到了椴树林尽头的十字路口。赛林姆向所有人都道了晚安：他亲吻了潘妮·德叶维斯的手，也希望亲吻哈尼娅的手，但是她没同意，她带着似乎担心的眼神看着我。但是作为补偿，当赛林姆骑上马背的时候，她靠过去然后跟他说话。在月光一览无余地照耀着的那个地方，我看到她的眼神对上赛林姆的，脸上浮现出甜蜜的表情。

“别忘了潘·亨瑞克。我们应该常常聚在一起唱歌或者玩，晚安吧！”她说着向前递出了手。

哈尼娅和老人们往家的方向走去，赛林姆和我继续向草地的方向走。我们在一条没有树荫的路上静默地走了一段时间。路的四周被月光照耀得非常明亮，我们可以清清楚楚地看到路边低矮的杜松上冒出的一片片针状的树叶。马儿时不时地喷着鼻息，或者是踢着马镫。我看着赛林姆，他在思考着什么，眼神望进深邃的夜空。我有一种无法抑制的渴望来和他谈谈哈尼娅。我有一种向某个人忏悔今天所做的一切的需要，告诉他有关哈尼娅的一切，但是，此时我什么也做不了，不知道该如何张口告诉他。赛林姆先打破了沉默，突然的，他毫无征兆地冲我弯下了身，抱住我的脖子亲吻我的脸颊，大声地喊道：

“噢，我的亨瑞克！你的哈尼娅是多么美丽迷人的可人儿啊！让优泽娅见鬼去吧！”

这一声的感叹就像冬天的一席寒风猛然灌进了我的身体。我没有回答，但是把赛林姆的胳膊从我的脖子上拿开，然后把他推到一边，继续沉默地骑着马向前走。我发现他很困惑而且慢慢变得安静下来，过了一会儿，他转身面对我说道：

“你在为什么事生气吗？”

“你真是个孩子！”

“可能你有点嫉妒了？”

我控制住马匹不让它往前走。

“晚安赛林姆。”

很明显，他无意再向我进一步地道别，只是迫于压力地向我机械地伸了伸手，张开嘴唇好像要说点什么，但是此时我快速地调转了马头，小跑着向家的方向奔去。

“晚安！”他冲我喊。

他在原地驻足了一会儿，然后慢慢地向赫维利奔去。

我减缓了速度，让马儿行走着往家走。夜色非常美丽，宁静而又暖人。覆盖着露珠的草地看起来就像一片广阔的湖水。从这片草地中传来长脚秧鸡的鸣叫声，而麻鸭也在远处的芦苇丛中声声呼应。我抬眼望向广袤的星空，此刻的我想要祈祷，想要放声大哭。

突然间，我听到身后有马蹄声传来。我向四周看了看，发现是赛林姆。他在我面前停下马，动情地对我说：

“亨瑞克！我之所以回来，是因为我觉得你心里一定有事。起初我想‘如果他生气了，那就让他气吧！’但是紧跟着我就觉得自己对你有些抱歉。我没法再忍下去了，告诉我你是怎么了。是我跟哈尼娅的话说得太多了吗？可能你正在同她谈恋爱，是吗，亨瑞克？”

眼泪被咽到喉咙，当下我什么也说不出来。如果能按照自己的感觉，让自己埋在赛林姆可靠的胸膛痛哭然后坦白一切就好了！噢！我记得无论何时我想向另外一个人袒露心声的时候，那颗易碎而又不可压抑的自尊心就会跳出来冻结我的心脏，束缚住我的双唇。我的快乐已经多次地被那颗自尊心毁掉，而过后我又总是后悔！但是在起初的时候，自己还是不能抗拒它的出现。

“我对你说抱歉。”赛林姆继续说道。

所以，他是在怜悯我，这已经足够让我闭上自己的嘴了。我不说话。他用他那天使般的眼睛盯着我看，然后用祈求和悔改的声音对我说：

“亨瑞克！你在爱着她是不是？作为你的最爱的她，同样吸引了我，但是就让这一切结束。只要你愿意，我不会再跟她多说一句话。告诉我：你已经爱上她了，是不是？是什么让你这样跟我闹别扭？”

“我不爱她，我也没有跟你闹别扭。我是有点虚弱。我从马背上被扔了下来，浑身颤抖。我一点都没有爱上谁，我只是从马背上摔了下来。祝你晚安吧！”

“亨瑞克！亨瑞克！”

“再告诉你一遍，我是从马背上被扔下来才这样的。”

我们再一次地分开，赛林姆亲吻着向我道别，然后更加坚定地骑马远去，因为，事实上，可以认为是那场坠马对我产生了这样的影响。我仍然是孤身一个人，带着一颗空洞的心，怀着深深的伤痛，把眼泪咽到喉咙，我被赛林姆的关心感动，但是我气自己，诅咒自己刚才拒赛林姆于千里之外的举动。这样我快马加鞭地往回狂奔，不一会儿，宅院就出现在眼前了。

客厅窗户里的灯还亮着，里面传来弹奏钢琴的声音。我把马交给弗兰尼克后就进了屋。哈尼娅在演奏着一首我也不知道什么名字的歌曲，她在自我陶醉，用她那业余爱好者的自信随意改编着曲调，因为她才学钢琴没多久，但是这已经足够能够把我迷倒了，那曲子对我来说已经不单单是一首歌，而是一种爱情的甜蜜旋律。当我走进客厅的时候，她冲我微笑着继续弹着琴。我让自己坐在对面的扶手椅里，然后端详着她。透过钢琴声，我看到她整洁、平静的额头，对称的眉型。她的睫毛低垂着，看着琴键。她弹奏一会儿，就停下来，抬头看着我，用过一种宠爱温柔的声音对我说：

“潘·亨瑞克！”

“怎么了，哈尼娅？”

“我想问点事情——啊！你明天会去拜访赛林姆吗？”

“不去。父亲希望我明天去奥斯崔斯基，因为母亲给潘妮·奥斯崔斯基寄来了一个包裹。”

哈尼娅不说话了，用手指敲出几个柔和的音调，但是很明显，她只是机械地在做这些，心里却在想着其他事，因为过了一会儿，她抬起眼睛对我说：

“潘·亨瑞克！”

“怎么了，哈尼娅？”

“我想问你点事——啊！是这样！华沙的优泽娅长得漂亮吗？”

够了！愤怒混杂着懊恼充斥着我的胸口。我快步走近钢琴，嘴唇止不住地颤抖着回答说：

“没你长得漂亮。放心吧。你尽管大胆地对赛林姆展现魅力吧！”

哈尼娅从钢琴凳上站了起来，脸上泛出一抹被冒犯的红晕。

“潘·亨瑞克！你在说些什么？”

“这不就是你想知道的！”

我抓住自己的帽子向她屈身行礼，然后离开了客厅。

第七章

在经过这样令人烦恼的一天后，很容易想象我是如何度过这个夜晚的。当我躺在床上的时候，第一件事就是问自己这一天到底是怎么了，为什么会有这样的经历。答案很简单：什么事都没发生，就是说，我不能责备赛林姆和哈尼娅任何事，这些事不能够用我们之间平等的友情、用好奇心，或者是用相互之间的同情来做出解释。赛林姆和哈尼娅俩人相互取悦，这毫无疑问，但是恰巧这也是我生气的原因所在，因为它打破了我们每个人平静的内心。不是他们俩犯了错，而是我。这种想法使我冷静下来，对立的想法又冒了出来。无论我怎么向自己解释他们相互间的关系，尽管我发现自己对他们俩人产生了许多不公平的愤怒，但是我仍然感到某种不可言喻的危险即将来临，这种危险是无形中的，即便对赛林姆和哈尼娅的责备也不能让它显现出来，经由这么一想，这种危险就变得更加敏锐了。另外，我还考虑到另外一件事，也就是，我没有权利去责备他们，但是拥有足够的理由给他们加以警告。这种事很微妙，几乎不可能被捕捉到，但是在我天真的思想中，这种事纠缠折磨着我，好像让自己陷入了陷阱和黑暗之中。我就像一个刚刚远途归来的人，感到疲倦和伤心，但是，另外一种强烈而又痛苦的想法一刻不停地映入我的脑海，那就是，是我，明明白白的是我，正是由于自己的妒忌和愚笨，才把他们这两个人推到了一起。噢，我到底是学到了多少知识啊，可是对于这样的事我却一无所知！这种事是神圣的。另外，我知道，在这些错误的路径中，我应该前进，不是我希望去哪个地方，而是在感情和境遇的驱使下我应该去某个地方，这种驱使并不是偶尔暂时出现的，不是欠缺的，而是从某种程度上讲，它是非常重要的，幸福意义的所在。我感到非常的不幸福，对于任何不幸的事，最大的痛苦并不在于事情的本身，而是在于当事人对它的感觉。

仍旧什么事情都没发生。我在床上，反复地对自己说着这些话，渐渐地，我的意识开始变得模糊，然后像往常一样陷入混乱的梦境中。各种奇怪的影像随之挤了进来。父亲故事中的人物和事件加入了进来，然后赛林姆、哈尼娅和我的爱情也跑了进来。可能是我的头有些发烧，在坠马之后这种状况就更加明显了。突然间，燃烧着的蜡烛芯掉到了烛台上，四周渐渐变得黑暗起来，蓝色的火苗闪烁着，然后渐渐变淡、变弱，最后豁然亮了一下就熄灭了。夜一定是很深了，公鸡在窗外报晓。我坠入到一种压抑和病态的睡眠当中，要不是这样的话，我没办法很快就起床。

第二天，似乎我睡得已经超过了早餐的时间，也丢掉了我在晚饭前能看到哈尼娅的唯一机会，因为她要去潘妮·德叶维斯那儿上课直到下午两点。但是经过这次长睡之后，我重新获取了勇气，不会再阴暗地看待这个世界。“我要对哈尼娅亲切热情些，缓解一下昨天闹别扭的情绪。”我想。

这个时候，我并没有预料到一种情形，那就是，我昨天最后的话语不仅惹恼了她，还对她有些冒犯了。当她和潘妮·德叶维斯一起走进来吃晚饭的时候，我快步地走近她，但顷刻之间，就像有人向我泼了一盆冷水一样，我又收回了自己的热忱。并不是因为我想这样做，而是因为我被拒绝了。哈尼娅非常礼貌地回答我说“晚上好”，但是她的声音是如此的冷淡，浇熄了我的热情。我在靠近潘妮·德叶维斯的位置坐下，在整个吃饭的过程中，哈尼娅似乎都无视我的存在。我承认，这种存在感在我看来是那么的空洞和可怜，如果有人给我三枚铜板来买走它，我都会让他赶紧给钱。我能做什么？抗逆的想法在内心被唤起，我决定用同样的态度来对待哈尼娅。对待一个爱她胜过一切的人来说，这真是个很妙的角色。我想要诚实地对她说：“嘴上虽然在侮辱你，但是内心在哭泣！”在整个吃晚饭的过程中，我们都没有直接地说过话，只是通过其他人接了几句话。比如当哈尼娅说，傍晚前后可能会下雨，我就转向潘妮·德叶维斯，而不是哈尼娅，然后对着她说傍晚不会下雨。这样板着脸斗嘴对于我来说有一种令人兴奋的魔力。

“我好奇地想知道，我的小姐，我们在奥斯崔斯基该如何相处，因为我们必须去那里，”我想，“在奥斯崔斯基，我会在其他人在场的情况下有意地问她一些事情，到时她不得不回答，这样的话，我们之间的冷战就会打破了。”我对这次出门拜访抱有很大的希望。没错，我是必须和潘妮·德叶维斯一起去，但是这对于我来说又有什么妨碍呢？现在我更关心的是，这个桌子上的所有人都没有注意到我俩在闹脾气。我想，如果有人注意到这一点，他一定会问我们俩是不是在生气，然后所有的一切都会被揭开，真相大白。一想到这儿，我的脸红了一下，内心开始变得害怕起来。但是，啊，真是吃惊！我发觉哈尼娅并不像我这样的害怕，而且，她看到了我的畏惧，内心还带着一丝玩味。我克服了自己的畏惧，但是一时也没什么可做。奥斯崔斯基在等着我，所以我就像抓住救命稻草一样紧紧地抓住了这个念头。

哈尼娅也在考虑着这件事，所以在晚饭过后，她为父亲端来一杯黑咖啡，然后亲吻了一下他的手背，说道：

"拜托您别让我去奥斯崔斯基了。"

"啊，真是要赖，真是要赖，这个哈尼娅！"我心里这样想。

父亲有点耳背，没有立刻听清楚。他亲吻了一下她的额头，问道：

"你想要些什么，小姑娘？"

"我有一个祈求。"

"什么事？"

"我不想去奥斯崔斯基。"

"但是为什么呢，你生病了？"

"如果她说自己生病了，"我想，"那么什么都完了，因为父亲此刻脾气很好。"

但是哈尼娅从来不撒谎，即便是善意的谎言，所以她并没有谎称自己头痛，而是回答说：

"我很好，但是不想去。"

"啊！那么你得去奥斯崔斯基，因为那里需要你去。"

哈尼娅默认了，并且一句话没说就走了。要不是不恰当，此刻的我一定会高兴地冲着她打响指。

过了一会儿，我问父亲为什么一定要哈尼娅去。

“我想让邻居们把她当成我们的亲戚一样地看待，然后慢慢变得熟悉起来。前往奥斯崔斯基的哈尼娅，可以说，是代表你母亲去的，明白吗？”

我不仅明白，而且还想因着这个想法狠狠亲吻我善良的父亲。

我们要在五点出发。此时哈尼娅和潘妮·德叶维斯正在楼上穿衣。我让人找出一辆两人座的轻便马车，因为我故意要一人骑马过去。我家距离奥斯崔斯基大概有三英里远的路程，所以在这么好的天气下，我们的旅途一定会很愉快。哈尼娅穿着一身黑衣走了下来，真的是这样，但是打扮得精心，甚至优雅，因为这一直是父亲的愿望。我无法让自己的眼睛从她身上移开。她看起来是如此的美丽，连我的心都立刻柔软起来。抗逆的情绪和强装的冷酷早就飞到了九霄云外。但是我的王后真的是以王后的姿态走过了我的身边，甚至没有看我一眼，即便我也尽可能地把自己打扮了一番。我可以把这种漠视当作她有点不高兴，因为她确实不想去奥斯崔斯基，尽管这并不是仅仅不愿意去而造成的，而是后来我发现了一个更加合理的原因。

五点的时候，女士们准时在马车里就座，我也骑上了马背，我们就这样一起出发了。在路上的时候，我走在靠哈尼娅的那一边，希望能用尽各种办法来获取她的注意。事实上，在我的马扬起前蹄的时候她看了我一眼，用一种冷静的眼神从头到脚打量了我一番，我认为甚至微笑了一下，即便只是轻微地笑了一下，可那笑容很是令我舒服，不过，她很快就转向潘妮·德叶维斯那一边了，开始了女人之间的谈话，而我却一句话也插不上。

终于我们到了奥斯崔斯基。赛林姆比我们先到一步。潘妮·奥斯崔斯基没有在那儿，我们只是在他家看到潘·奥斯崔斯基，教法语和教德语的两位女家庭教师，还有潘·奥斯崔斯基的女儿——大女儿罗拉，她是一个相当妖艳、漂亮、栗色头发的女孩，跟哈尼娅的年龄相当，还有仍然还是个孩子的小女儿玛丽尼亚。

在初次的问候之后，女士们立刻到花园里去摘草莓了，但是潘·奥斯崔斯基拉着赛林姆和我去看他的新武器，还有能够狩猎野猪的新猎犬，这些猎犬是他花大价钱从沃斯莱夫那儿买来的。我已经提到过，潘·奥斯崔斯基是我们整个地区最具热情的猎手，也是一位非常可敬、可爱的人，经常慷慨解囊。他只有一个让我讨厌的缺点，那就是他总是在笑，每说几个字就拍着他的肚子反复地说："真是个胡闹又高尚的恩主！这怎么说？"由于这个原因，人们都叫他"胡闹的邻居"，或者是"怎么说邻居"。

好吧，胡闹邻居把我们俩带到狗舍，一点都没想到此时的我们更加希望同女士们待在花园里。我们听了一会儿他讲的故事，直到最后我想起要跟潘妮·德叶维斯说个事，于是赛林姆直率地对他说：

"这一切都棒极了，大善人。猎犬很漂亮，但要是我们俩更想与年轻的小姐们待在一起该怎么办呢？"

"真是个胡闹又高尚的恩主！这怎么说？好吧，那就去吧，我跟你们一起去。"

然后我们就去了。但是，不久我就发现，似乎自己跟她们在一起的愿望并没有那么强烈。哈尼娅不知怎么地和她的同伴分开了点距离，依旧对我不理不睬，而是有意地和赛林姆待在一起。此外，取悦潘娜·

劳拉倒成了我的事了。可是我能说些什么，怎么才能够避免说些无意义的话，如何让我回答她友好的问题呢，我知道自己不能，因为我一直在捕捉赛林姆和哈尼娅的话语，观察他们的表情和动作。赛林姆没有注意到我，但是哈尼娅注意到了，刻意地压低了她的声音说话，或者是用某种风骚的表情看着她那可以被热情之火燃烧殆尽的同伴。“等等，哈尼娅，”我心里想着，“你这样的表演是为了折磨我。我会用同样的方式来对待你。”

就这样地考虑着，我转向潘娜·劳拉。我忘记告诉大家，这位年轻的小姐对我有些好感，而且还过于坦白地表现出来。我开始向她献殷勤。我奉承着她，我们大笑着，即使我内心更渴望大哭一场，但是劳拉容光焕发，用她那湿润的深蓝色的眼睛看着我，思维早已陷入了罗曼蒂克。

啊，要是此刻她知道我是多么的讨厌她该多好！但是我是这样全身心地投入到自己的角色，甚至做了一些不顾名誉的事。当潘娜·劳拉在谈话的过程中对赛林姆和哈尼娅做了一些恶意的评论之后，尽管我的内心已经气得发抖，但是我没有像应该做的那样回答她，而仅仅是傻傻地笑了笑，默默地让这个话题过去。

我们就这样过了一个钟头，然后在一棵弯垂的栗树下吃午饭，栗树的树枝已经垂到了地面，在我们的头顶上形成一个绿色的大伞。然后我第一次知道了哈尼娅不想来奥斯崔斯基的真实原因并不是因为我，而是有其他更好的理由。

事情简单说来是因为这样：潘妮·德叶维斯，作为法国一个古老贵族的后人，拥有比其他家庭教师更好的教养，认为自己多少比奥斯崔斯基的法国女人更有优越感，尤其是比德国女人更有优越感。而这两个家庭教师反过来觉得自己比哈尼娅强，因为她的祖父只是个仆人。教养良好的潘妮·德叶维斯没有让她们知道自己的感觉，但是她们甚至有些粗鲁地轻视着哈尼娅。这些都是女人之间非常普通的吵嘴和情绪，但是我不允许我亲爱的哈尼娅，那个比所有奥斯崔斯基人都强一百倍的人，成为她们的口舌牺牲品。哈尼娅机智而又乖巧地忍受着这些轻视，但是这种对待对于她来说有些过于严厉。如果潘妮·奥斯崔斯基在场的时候，谁都不会说一句这样的话，但是那个时候两位家庭女教师都会充分利用这一有利的时刻。只要赛林姆一靠近哈尼娅坐下，窃窃私语声和俏皮话的声音就开始了，甚至潘娜·劳拉也会加入其中，因为她嫉妒哈尼娅的美丽。

我多次尖锐地阻止这些奚落声，甚至可能太尖锐了，但是不一会儿赛林姆不管不顾地占了我的位置。我看到他的眉头闪过一丝生气的意味，但是他很快地整理了一下情绪让自己变得冷静，嘲笑地瞥了那两位家庭教师一眼。没有人在这个年纪能像他这般敏锐、机智和雄辩，不一会儿他就把她们说得无处可逃。端庄的潘妮·德叶维斯帮着他，还有我这个想把这两个外国女人赶走的人也帮着他。不想冒犯我的潘娜·劳拉也加入到我们这一边，尽管是真诚的，但是我们向哈尼娅表现出比平常双倍的关爱。于是，我们完美地胜利了，但不幸的是，让我极其愤怒的是，就连这主要的功劳也是属于赛林姆的。哈尼娅，即便带着她全部的世故圆滑，也几乎不能抑制地让眼泪溢满了眼眶，她用感激和敬重的眼神，像看待救世主一样看着赛林姆。所以当我们从桌子那儿起身，打算再一次成双成对地去花园散步的时候，我看见她斜身靠近赛林姆，然后听到她的耳语声：

“潘·赛林姆！我非常——”

然后她突然停下来，因为她恐怕要哭了，情绪上来谁也挡不住。

“潘娜·哈尼娅，别再提那些了。别在意，也别烦恼。”

“你看对于我来说，提起这件事有多么难，但是我还是要谢谢你。”

“为了什么？潘娜·哈尼娅？为了什么？我不能忍受眼中含着泪水的你。因为你本应该快乐的——”

现在轮到他无法说下去了，因为他没有找到合适的表达，而且，可能他及早地发现自己这种溢满胸膛的感情走得太远了，所以他转过脸不让自己的情绪被人发现，然后不再说话。

哈尼娅泪光闪闪地看着他，而我后来也没再问她发生了什么事。

我用尽自己年轻灵魂的全部力量爱着哈尼娅，我奉她如女神一般，爱她如天使。我爱她的美丽、她的眼睛、她的每一根发丝和她发出的每一个声音。我爱她衣服上的每一处细节，我爱她所呼吸的每一口空气，这种爱不仅在一遍遍地贯穿我的心脏，而且在贯穿我的身体。我只能因她而生存，靠着她而生存，这种爱就像自己的血液一般在体内流动，就像自己的体温一样从身上发散出来。对于其他人来说，除了爱意外还有其他东西存在，但是对于我来说，整个世界都是在爱中存活，没有什么东西可以超越爱。我完全地变盲、变聋，变得无关紧要了，因为我的理智和情感都被那唯一的感觉所牢牢擒住。我感觉自己就像一只火炬般地疯狂燃烧，火焰在不断吞噬着自我，我濒临死亡的边缘。那种爱到底是什么？一个灵魂向另外一个发出强有力的呼唤“我女神般的人，我圣洁的人哪，我的爱，听听我的声音吧！”我没有询问到底发生了什么事，因为我知道，哈尼娅不会对我吐露心声。在一群无关紧要的人群当中，一个渴望爱情的男人在迷茫中徘徊、呐喊和呼唤，等着听到同情的回应声，所以现在我不再问她究竟发生了什么，因为除了我自己的爱情和无力的呐喊之外，我感觉到也无意中听到两个饱含同情的声音，一个是赛林姆，一个是哈尼娅。他们都在用心的声音来呼唤着对方，也不幸地为我在呼唤，而且他们自己并没有意识到这一点。一个对于另一个来说就像是荒漠里的回声，而且一个追随着另外一个，就像回声追随着声音。我该如何才能抑制住这种被他们叫作幸福的渴求，而自己却必须把它叫作不幸？怎样做才能有力地反抗自然的法则，能够反抗事物致命的逻辑性？在哈尼娅的心被一些无法阻挡的力量推向另外一个方向的时候，我该如何赢得她的爱呢？

我脱离了同伴，一个人坐在花园的长椅上，这样的想法萦绕在我的脑际，就像一团受了惊吓的鸟儿。一种绝望和痛苦的疯狂牢牢抓住了我，我觉得在我的家族之中，在一群憧憬美好的人们内心当中，我是孤独的。对于我来说，整个世界似乎就像是一片荒漠，举目无亲，头顶上的天堂在冷漠地看着人们所犯下的错，尽管一个想法超越一切地控制住了我，吞噬了所有的一切，用它那幽暗的安宁笼罩着我。它的名字就叫死亡。然后，那就是从邪恶的怪圈中的逃离，是苦难的终点，是所有伤感喜剧的结局，是对所有束缚灵魂的痛苦毒瘤的切除，是遭受折磨之后的休憩——啊！我是如此渴望这种休憩，那是一种黑暗之中的休憩，一种虚无的休憩，冷静而又永恒。

我被眼泪、痛苦，还有睡意折磨得筋疲力尽。噢，去睡觉吧！不顾一切地去睡觉，即便是以生命作为代价。接着，从平静广袤的蓝色天空想到已经消逝的儿时信念，一个念头就像飞鸟一般向我飞来，停驻在我的脑海。那个念头只有短短几个字：但是假如——

这是一个新的怪圈，不可替代的爱的渴求让我深陷其中。噢，我太痛苦了，但是隔壁小路上快乐的话语，或者是低沉的似有似无的耳语声穿到我耳中。在我四周弥漫着花香，树上叽叽喳喳的鸟儿正在安窝休憩，头上悬挂着蔚蓝色宁静的天空，在黎明的映照下泛出一丝丝红润的光。所有的一切都是那么的祥和，所有的人都是那么的欢乐，在这像花朵般即将绽开的生命当中，我痛苦地紧咬牙关，孤独地渴望着死亡。突然间，我颤抖了一下，眼前闪过了一条沙沙作声的女士裙子。

我看了看，原来是潘娜·劳拉。她冷静而又温柔同情地看着我，也许不止是同情。在夜晚的灯光和树荫下，她看起来十分的苍白，茂密的长发散开来披在她的肩膀上。

在那个时刻，我没有对她产生任何的厌恶感："噢，你唯一的富有同情心的灵魂！"我想着，"你不过来安慰一下我吗？"

"潘·亨瑞克，你看起来有点悲伤，是在忍受着什么痛苦的事吗？"

"哦，对，是忍受痛苦。"我脱口而出地喊道，并且抓住她的手放到我的滚烫的额头上，然后我快速地亲吻了它一下跑掉了。

"潘·亨瑞克！"她在我身后低声喊道。

但是在那个时候，赛林姆和哈尼娅出现在小路的交岔口。他们一定都看到我刚才对劳拉的直抒胸臆，看到我亲吻她的手把它放在我的额头上，所以他们俩都在微笑着，相互交换着眼神，好像在对对方说："我们懂得这是什么意思。"

可是过了不久，到时间该回家了。一出门，赛林姆回家的路应该是在另外一个方向，但是我担心他可能会要求给我们带路。我匆忙上马，然后大声地说时间太晚了，赛林姆和我们都该走了。在分手的时候，我接受到潘娜·劳拉温暖的一握，但是没有给她任何回应。

赛林姆立刻在大门外转过身，他第一次亲吻了哈尼娅的手道别，而且她也没有拒绝。

她停止对我的忽视。她过于温和地向我提起早晨闹别扭的事，但是我恶劣地打断了她。没过多久，潘妮·德叶维斯就睡着了，开始四处打盹儿。我看着哈尼娅。她没有睡觉，她的眼睛睁得大大的，闪烁着好像刚从幸福中走出来一样。她没有打破沉默，很明显，她太投入于自己的心事当中了。只有在快到家的时候，她才看了看我，发觉我也是这样的沉思状，她问道：

“你是在想什么事吗？是关于劳拉的事吗？”

我一句话都没有回答，只是咬紧了牙关。撕裂我，撕裂我吧，如果那样能让你高兴的话，你不会听到我发出一声呻吟。

事实上，哈尼娅根本没有想过去撕裂我。她这样问，是因为她有权力这样做。她对我沉默的态度感到吃惊，就重复问了一遍。这一次我还是没有回答。所以，她觉得肯定还是为了早上的事闹脾气，所以就什么也没说了。

第八章

在几天后的某一个早晨，第一抹晨曦的柔光透过百叶窗照在我脸上的时候，我从睡梦中醒了过来。不一会儿就听见有人在敲百叶窗，缝隙中露他的脸，那不是来自米斯克维奇的佐希亚的脸，他总是爱用相似的方式来叫醒塔迪优诗，也不是我的哈尼娅的脸，而是长满络腮胡的护林人瓦赫，他用深沉的声音喊道：

“潘尼奇！”

“什么事？”

“在波赫若维树林中有一群野狼在跟着一头发情的母狼。我们要不要去逗逗它们？”

“马上出发！”

我穿好衣服，带上猎枪和匕首，然后就出发了。瓦赫被早晨的露水弄得浑身湿漉漉的。肩上背着一把单管枪，又长又锈迹斑斑，但是他从来没有失过手。天还很早，太阳还没有完全升起来。人们还没有开始他们一天的工作，也没有牲畜在牧草。天空一片蔚蓝，东方出现了玫瑰色和金色的亮光，而西边依旧还那么暗沉着。这个老人在按照自己的方式匆匆赶路。

“我有一匹马和一架马车。我们驾车过去吧！”他说。

我们在马车里落座之后就出发了。在粮仓那边，打谷场里突然跳出来一只野兔，一蹦一跳地穿过马路钻进了草地，在露水镶嵌的地面上留下了一条深色的痕迹。

“一只猫跑过了马路！”护林人说，“多迷人的小家伙！”然后补充说道：“已经晚啦。大地一会儿就会有影子了。”

这意思是说，太阳不久就会升起来了，而晨曦的光亮并不会让身体投下影子。

“但是有影子的时候会对打猎有影响吗？”我问。

“要是长影子还凑合，但是短影子的话就没法打猎了。”

用猎手的话说，这意味着时间越晚，对打猎就越加不利，因为众所周知，越到邻近中午的时候，影子就会越短。

“我们应该从哪儿开始？”我问。

“从波赫若维树林的深坑那儿开始吧。”

波赫若维树林是一片茂密森林的一部分，这也是“深坑”所在的地方，意思是，由于被暴风雨推倒的老树的根而造成的洞。

“你觉得我们对它们的引诱能成功吗？”

“我开始会扮作一只母狼，可能会引来一些野狼。”

“但是也有可能不会。”

“嗨！会来的。”

当走到瓦赫的小木屋时，我们就跳下了马车开始步行向前。在走了半个小时，太阳已经开始升起来的时候，我们在一个深坑里坐下。

四周是一片密不透风的矮灌木丛，只有零星几处长着巨大的树木。这个坑很深，甚至头都可以被它盖住。

“现在背靠背坐着！”瓦赫喃喃说着。

我们就背靠背坐着，地面上只能显出我们头上的花冠和手上的枪管。

“听！”瓦赫说，“我开始了。”

他把两根手指放在嘴里发出拉长的声音，他开始模仿一只母狼的叫声了，也就是，像母狼见到公狼时那样的嚎叫声。

“听！”

他把耳朵贴在地面上。

我什么都没听到，但是瓦赫抬起头开始低声说：

“哦，奔跑声，但是离这儿很远，大概有两公里吧。”

后来他等了一刻钟，然后又一次把手指放在嘴里开始嚎叫。哀嚎的声音穿过灌木丛，远远地飘过湿润的土地，在一棵棵松木中穿梭回响。瓦赫又一次把耳朵贴着地面。

“它们正在比赛，离这儿不满一公里远了。”

事实上，后来我听到了，就像是狼嚎遥远的回音一样，但是还非常远，几乎听不见。

“它会在哪里出现？”我问。

“在你的头上，潘尼奇。”

瓦赫开始了第三次的嚎叫，呼应的嚎叫这次已经非常近了。我紧紧地抓住枪杆，心都提到了嗓子眼。四周完全地安静下来，只有微风吹动了灌木丛上的露珠，露水一滴滴打在叶子上。在远处，从森林的另一边传来了松鸡的叫声。

突然间，大概在三百码远的地方有什么东西在森林中摇动。杜松丛快速地移动，在针状的黑色树叶当中出现了三角状的脑袋、灰色的毛发、尖尖的耳朵和火红的眼睛。我不能够开枪，因为这个脑袋离得太远了，所以即便心脏在怦怦直跳，我还是要耐心地等着。不一会儿，这个畜生整个的身体都从杜松丛中露了出来，短跳了几下向坑这边跑过来。在距离一百五十五码的时候，这只野狼停了下来听动静，好像预知到什么事情一样。我看到它不会再靠近了，就扣动了扳机。

枪声混合着野狼的哀嚎声传了过来。我爬出大坑，瓦赫跟在我的身后，但是我们在那儿并没有发现野狼。尽管如此，瓦赫仔细地检查了一下现场，地面上的露水已经被擦去，然后说道：

“它挂彩了！”

是真的，草地上有一片血迹。

“虽然很远，但是你没打偏。它挂彩了。噢，它挂彩了！我们一定得跟着它。”

所以我们就跟着往前走。是不是可以看到被压塌的草地和更多的血迹。受伤的野狼有时候会歇一歇再走，这很明显。与此同时我们已经在树林和灌木丛中待了一小时了，现在是第二小时了。太阳高挂在天空，我们仔细地搜查了很长的路段，但是除了时有时无的血迹什么都没有发现。后来，我们走到森林的一个角落，血迹穿过旷野朝着池塘的方向延续了大概两俄里，最后在覆盖着芦苇和菖蒲的沼泽地上消失。在没有猎犬的情况下，我们根本没可能走得更远。

“它会待在这儿的，我明天再来找它。”瓦赫说道，然后我们就返回家了。

不久，我就不再想瓦赫的野狼以及这场倒霉的狩猎的事了。我又回到了自己惯常的痛苦的怪圈。当我们前往森林的时候，一只野兔几乎是从我的脚下跳过，可我没有朝它开枪，而是颤抖着，好像刚从梦中被唤醒一样。

“啊！”瓦赫愤怒地喊道，“如果我自己的兄弟像这样蹦蹦跳跳地走路，我会毫不犹豫地开枪的。”

我只是笑了笑，继续沉默着前行。当穿过一条通向赫维利公路的所谓“森林之路”时，我发现一条新留下的马蹄的痕迹。

“你知道吗，瓦赫，这是什么痕迹？”

“让我看，这似乎是赫维利的小潘尼奇留下的，他正走在回宅院的路上。”

“那么我要去宅院那里。再见，瓦赫。”

瓦赫小心地劝说我去他的小屋歇歇脚，反正离这儿也不远。如果贸然拒绝的话，我感觉会让他伤心的，但是我还是拒绝了，不过答应明天过去看他。我不希望在自己不在场的情况下让赛林姆和哈尼娅长时间地待在一起。

在从奥斯崔斯基拜访回来之后的五天里，几乎赛林姆每天都来我家。但是我无时无刻地不在监视着他们，今天是第一次有机会让他们俩单独在一起。“现在，”我想，“已经到了他们要相互告白的时候了吧！”我感觉自己就像一个绝望的人一般，脸色越变越白。

我像害怕一种不幸而又无法避免的死刑一样害怕这一刻的发生，我们都知道这种事会必然发生，但又侥幸希望它能晚点到来。

在快到家的时候，我在宅院的前面看到了路德维克神父，头上套着口袋，脸上蒙着金属丝网，他是准备去蜂房了。

“赛林姆在这儿吗，路德维克神父？”我问。

“他在，已经来了一个半小时了。”

“我在哪儿能找到他？”

“他跟哈尼娅和艾维优尼亚一起去池塘那边了。”

我快步向花园跑去，然后跑到池塘岸边放船的地方。最大的那只已经没有了。我向池塘上望去，但是起初什么都看不见。我猜赛林姆一定是向右朝桤木林那边划去了，因为这样的话，小船以及船上的人都会被岸上的芦苇遮住。我抓住一支船桨，跳进一只单人位的船里，悄悄地划了出去，在芦苇丛离他们不远的地方停下来。这样的话我就可以不被发现地看见他们了。

事实上，过了一会儿我才看到他们。在池塘宽阔的一处，没有芦苇的遮挡，静止着一只船，船桨被挂起来。船的一边坐着我的妹妹艾维优尼亚，转过脸背对着哈尼娅和赛林姆，这两位坐在另外一边。艾维优尼亚弯着腰高兴地用她的小手拍打着水面，全神贯注地玩着。但是几乎都要靠在一起的赛林姆和哈尼娅似乎全身心沉浸在对话中。蓝色透明的湖面上一丝风都没有，湖水一动不动地像镜子一样反射出小船、哈尼娅、艾维优尼亚以及赛林姆的倒影。

也许，这是一幅美丽的画面，但是当我看到它的时候热血直冲到头顶，我明白了一切。他们之所以带着艾维优尼亚，是因为小孩不会妨碍他们，也不会懂得他们之间的告白。他们带着她是为了掩人耳目。

我想："一切都结束了。"芦苇似乎也在说"一切都结束了！""一切都结束了！"我脱口而出，一拳砸在船舷，眼神变得漆黑。我的体内似乎有冰山和热火在不停地交会。我感觉自己的脸一片苍白。在我的头顶之上和内心之中，有个声音在呐喊："你已经失去哈尼娅了！你已经失去了她！"然后，我似乎听到同一个声音在哭泣："上帝啊！圣母马利亚！"然后这个声音继续说着："再向他们靠近些，藏在芦苇丛中，这样你能看到更多！"我遵守命令，向一只猫一样悄悄地向前划。但是那样的距离之下，我听不清他们的对话，只能更加清楚地看到他们俩并排着坐在一条船凳上，相互并没有握着手，但是赛林姆的脸面对着哈尼娅。过了一会儿我看到赛林姆好像是跪在她的面前，但仅仅是好像。他面对着她，用乞求的眼神看着她。哈尼娅没有看着对方，但是眼神在很不平静地四处闪烁，然后她抬起了眼睛。我看到她困惑了，而他正在乞求着什么。最后我看到他在她的面前双手合十，而她慢慢地把头转向他，眼神也随之望去，她的身体开始向他倾斜，但是突然间又清醒了过来，把身体后撤到船帮。后来他抓住她的手，似乎担心她可能会掉到水里。我看到他并没有撒手，然后就看不到什么了。船桨滑落，我跌坐在船底，一片乌云遮住了我的眼睛。"救救我吧！救救我啊，上帝！"我内心哭喊道，"他们正在杀死我！"我觉得自己喘不过气来。噢，我是多么的爱她，多么的伤心！我躺在船底，狂怒地撕裂自己的衣服，即便是这样的狂怒对我来说也是无能为力。是的，我太无能了，无能得就像一个被束缚住双手的运动员，此刻的我又能怎么样？我想要杀了赛林姆，我想让自己的船撞向他们然后一起命归黄泉，但是从哈尼娅的内心来说，我却不能得到她对赛林姆的那种爱并把它归为己有——那是完全不可能的。

噢，无力愤怒和绝望的感觉似乎让我在那一刻感到前所未有的糟糕。我总是认为哭泣是一件丢人的事，即便是自己偷偷地哭。如果痛苦能够迫使我的眼泪流下来，那么骄傲会毫不示弱地把它赶回去。但是现在，无助的愤怒已经充满了我的胸膛。这样孤独的我，面对着承载着一对爱侣而且水中映着倒影的小船，面对着晴朗的天空以及头顶上沙沙作响的芦苇，我是如此的悲伤和不幸，一声毫无征兆的抽泣从体内爆发出来，渐渐地泪如雨下，我躺在船上，双手举在头顶紧紧地攥着，我几乎不能自抑地大哭起来，内心有种难以言语的悲痛。

后来，我变得虚弱起来，一阵麻痹感穿过了我的全身。我思考的力量几乎不能运转了，感到手尖和脚尖无比冰凉。我变得越来虚弱。只留下一丁点的思维。似乎死亡和一股强大的冰冷的冷静在不断靠近。似乎地狱里的黑暗王后正在把我带进她的领地，所以我用一种冷静而呆滞的眼神向她问好。“一切都结束了，”我这样想着，心里似乎卸下了一个重担。

但是一切并没有结束。究竟我在船底躺了多久，连我自己都说不清楚。轻飘柔软的云朵在天空中慢慢移动。田凫和鹳悲鸣着陆续飞过。太阳已经升得很高了，散发着暖人的热量。微风停了下来，一动不动的芦苇也不再发出沙沙的声响。我清醒过来，就像从梦中醒来一样，然后向四处看了看。载着哈尼娅和赛林姆的小船已经不在我眼前的那个地方了。大自然宁静、安详、快乐的气息同我醒来之前的那种麻木有气无力形成了绝妙的对比。四处充满着一片祥和与欢愉。深蓝色的水蚱蜢蹲在船沿上和水百合平坦的叶子上。小巧而灰色的鸟儿在芦苇丛中挥动着翅膀，发出甜丝丝的鸣叫，一只勤劳的蜜蜂嗡嗡地在水面上徘徊，从菖蒲丛那边时不时传来野鸭的叫声，水鸭在护着自己的小鸭子们向水中央游去。我眼前就是鸟儿的王国，展示着它们美妙的生活，但是我什么都没看。我周身的麻木感还没有消失。天气很热，我觉得自己的头有一种无法忍受的疼痛。我俯下身，用手捧了把水就喝了起来，滋润我干裂的嘴唇。

这让我恢复了一点力量。我拿起船桨，在芦苇丛中慢慢划着船向岸边靠近。天都多晚了！回到家他们一定会问我怎么回事的。

在路上的时候，我试图让自己冷静下来。“如果赛林姆和哈尼娅已经互相表白了，”我想，“那样会更好，一切都过去了。至少，那些不确定的鬼日子可算过到了头。”

厄运已经在我面前揭开了它的面纱露出清晰的脸。我知道这一点，我必须同它做斗争。这是多棒的一件事！这种想法开始给我带来某种痛苦的魅力。但是我仍然有种不确定，所以决定去巧妙地同艾维优尼亚验证一下，至少是尽可能地验证一下。

到了吃晚饭的时候，在向赛林姆冰冷地问好之后，我默不吭声地在桌子旁坐下。父亲看了看我说：

“你怎么了，病了？”

“没有，我很好，但是有点疲惫。我今天早晨三点就起床了。”

“为什么？”

“我跟瓦赫一起去打狼了。我打中了一只。后来我躺在地上睡了一会儿，起来就有点头痛了。”

“可是看看你映在玻璃杯上的脸吧，瞧瞧你的脸成什么样子了。”

哈尼娅放下刀叉，仔细地看着我。

“可能是昨天拜访奥斯崔斯基对你有点影响，潘·亨瑞克。”她说。

我直直地盯着她的眼睛，然后尖声问道：

“你这么说是什么意思？”

哈尼娅有点混乱起来，开始模棱两可地作出解释。赛林姆也过来帮着她说：

“可是那是非常自然的事。无论谁陷入了爱情都会变得很脆弱。”

我看看哈尼娅，又看看赛林姆，然后一字一句慢慢地用尖锐的语调说：

“我没发觉你们变脆弱了啊，不论是你还是哈尼娅。”

一抹显眼的绯红色浮现在两人的脸上。随后出现了一时尴尬的沉默。我也不确定自己的话是不是有些过了头，不过幸好父亲没有听到我说的话。而牧师则把这些话当作年轻人之间的互相调侃。

“哦，可真是个带刺的黄蜂啊！”他吸了一口鼻烟喊道，“他可是刺着你了。瞧瞧，可别拦着他。”

上帝啊，这种胜利的喜悦并没有给我带来多少安慰，而我是多么高兴能把这种感觉传递给赛林姆！

在晚饭之后，在穿过客厅的时候，我看了一眼玻璃杯上映着的自己。没错，我看起来就像个病人。眼下泛着青色，面容凹陷。我似乎看起来变得极其的丑陋，但是这一切对于我来说都一样。我去找艾维优尼亚。两个妹妹都比我们吃饭早些，她们现在在花园里，那儿有个可以供孩子们玩耍的健身场。艾维优尼亚随意地坐在一块木板上，木板被四条弹力绳吊着，挂在秋千的横梁上。她一边坐着一边自言自语，时不时地摇晃着她金色的小脑袋和小脚丫。当她看到我的时候，她笑着向我伸开了双手。我把她抱在怀里，往小路的方向走去。后来我坐在长凳上，把艾维优尼亚放在我面前，问道：

“艾维优尼亚今天都做什么啦？”

“艾维优尼亚跟她的丈夫还有哈尼娅一起去散步了。”这个小女孩向我炫耀着说。

艾维优尼亚把赛林姆称作丈夫。

“那么艾维优尼亚乖不乖？”

“她很乖。”

“哦，那很好，因为乖孩子总是认真听着大人们的话，而且记住他们需要学习的东西。但是艾维优尼亚记得赛林姆都对哈尼娅说什么了吗？”

“我忘了。”

“唉，可能艾维优尼亚还记得那么一点？”

“我已经忘了。”

“你一点都不乖！立刻让艾维优尼亚记起来，要不然我就不喜欢艾维优尼亚了。”

小女孩开始攥起拳头揉着一只眼睛，而另一只眼睛早就溢满了泪水，她皱着眉头看看我，好像要哭的样子，嘴巴张成圆形，颤抖着跟我说：

“我已经忘了。”

这个可怜的小东西能怎么回答呢？事实上，我看到了愚蠢的自己，立刻感觉到对这样一个纯洁的小天使说出这样虚伪的话语是多么羞愧的一件事。另外，艾维优尼亚是全家人的宝贝，也是我的宝贝，所以我不想再继续折磨她了。我亲了亲她，抚摸了一下她的头发，让她走了。小女孩立刻向秋千跑去，我像往常一样明智地走开了，但是心中依然确信赛林姆和哈尼娅之间已经有了相互的表白。

快到晚上的时候，赛林姆对我说：

“我将会有一个星期的时间见不到你了，我要去旅行。”

“去哪儿？”我冷淡地问他。

“父亲让我去舒慕纳拜访叔叔。我必须在那儿待上大概一个星期。”

我看了看哈尼娅。这个信息并没有在她脸上产生什么反应。很明显，赛林姆已经告诉过她了。

她微笑着从自己忙活的事中抬起头，有点狡猾又有点倔强地看了看赛林姆，然后问道：

“但是，你喜欢去那儿吗？”

“就像獒犬进入囚笼一样的喜欢。”他快速地回答，但是及时地抑制住自己的感情，看着不能忍受任何琐碎的事的潘妮·德叶维斯，然后向她做了一个鬼脸，补充说道：

“请原谅我的表达方式。我爱我的叔叔，但是你看，在这儿，挨着潘妮·德叶维斯，会让我更快活。”就这样说着，他向潘妮·德叶维斯投去伤感的一瞥，惹来哄堂大笑，连潘妮·德叶维斯自己都不能幸免，虽然她很容易被冒犯得生气，但是赛林姆却是她一条特殊的软肋。她温柔地对赛林姆耳语，面带着亲切的微笑：

“年轻人，我都能做你的妈妈了。”

赛林姆亲了亲她的手，一片和睦，但是我私下想着，我和那个赛林姆有多大的不同啊！如果我得到了哈尼娅的爱，我可能只会做着美梦望着天空。我把自己放在什么位置上开玩笑呢！但是他笑着，开着玩笑，像从来都没那么高兴过一样。甚至是当幸福敲门容光焕发的时候，他也总是这么乐滋滋的。在临走的时候，他对我说：

“你知道我会说什么吗？跟我一起去吧。”

“我不去，没那个兴趣。”

这种冷冰冰的回答似乎有点吓到了赛林姆。

“你怎么变得这么陌生，”他说，“我已经有一段时间看不懂你了——但是——”

“谈话结束。”

“但是对于那些恋爱中的人来说，任何事都是可以被原谅的。”

“除了那些超越底线的人。”我不带感情地回答。

赛林姆猛地盯了我一眼，那眼神尖锐得就像闪电一样，直入我的心底。

“你说什么？”

“我说我不去，还有一点，一个人不会任何事都能原谅！”

虽然这个谈话中没有把事情全部点明，但是赛林姆肯定马上就听明白什么意思了。但是我还不想在没有得到更多确定证据的情况下完全向他挑明。尽管如此，我发现自己最后的话引起了赛林姆的不安，同时也警告了哈尼娅。他又磨蹭了好一会儿，跟大家闲聊着迟迟不走，后来，他找准了时间，压低了声音对我说：

“去牵一匹马来帮我带带路。我有话跟你说。”

“下次吧，”我大声地回答，“我今天觉得身体有点不舒服。”

第九章

赛林姆真的去他叔叔那了，而且待了不止七天，而是十天。在他走的这些天里，我们过得都很郁郁寡欢。哈尼娅似乎总是躲着我，在看我的时候眼里隐隐有着害怕的感觉。我也确实没有什么想法去跟她真诚地谈什么，因为自己的自尊心让我紧紧地闭上了嘴巴，而她，我不知道为什么，总是把自己的事安排得满满的，不让我们单独待在一起，哪怕只是一会儿。到最后的那几天，她变得都有些伤感了，看起来瘦弱憔悴。看到她的这种伤感，我内心颤抖地想着："没错，这不是一个女孩转瞬即逝的任性胡闹，糟糕的是，这是一种真挚深沉的情感。"

我是如此的焦躁、忧郁和伤心。无论父亲、牧师和潘妮·德叶维斯怎么问我都于事无补。是生病了吗？我摇摇头，只是他们的这种过度担心让我感到烦恼。我可以一个人整天整天地待在马背上，有时候是去树林里待着，有时候是划着船去芦苇丛中。我像行尸走肉一般地活着。有一次，我带着一把枪和一条猎犬，在森林中的篝火前待了一整晚。有时，我花大半天的时间和牧羊倌待在一起，他是个医生，常年在野外独居生活，永远都在收集草药并测试它们的药性。就是这个人把我带入到一个充满着魔法和迷信的奇妙世界。

但是有人会相信吗，确实有那样的时刻让我为赛林姆和自称地“痛苦的怪圈”而感到痛苦难当。

有一次，我起了要去赫维利拜访米尔扎·大卫多维奇的念头。这位老人认为我的这次拜访是为了探望他，所以很高兴地欢迎我去。但是我的这次拜访还有另外一个目的，那就是希望看一看索别斯基可怕的轻骑士上校画像中的眼神。当我看到这些恶毒的眼神可以跟随着一个人到达每一处的时候，我回忆起自己的祖先，他们的肖像被挂在家里的客厅中，面容都一样的严厉肃穆。

在这种感观的影响下，我突然有了一种奇妙的得意感。孤独、夜晚的静默以及在大自然中的生存——所有这些经历都对我产生了一种安慰的效果，但是我的内心好像揣着一支毒箭。有时候，我已经放弃做梦了，因为梦境让一切变得更糟。不止一次的，当我躺在松树林某个偏僻的角落，或者是芦苇丛中的小船里的时候，我想象自己是在哈尼娅的房间里偎依着她的裙角，亲吻着她的手、她的脚、她的裙子，我用最最亲昵的语言叫着她的名字，而她，正在把手敷在我发烫的前额上，对我说：“你已经受够了折磨，让我们把一切都忘掉吧！这简直就像一个可怕的梦一样。我爱你，亨瑞克。”但是后来我又清醒过来，回到了乏味的现实中来——我的将来，阴郁得就像布满乌云的天空，我的世界里不再会有她，直到活到生命的尽头也不会再有她，这种未来对于我来说太可怕了。我变得更加厌世，不愿和人接触，即便是对父亲、牧师、潘妮·德叶维斯也是这样。而卡泽欧的废话连篇、对任何事物的好奇心、持续不断的逗乐，还有没完没了的恶作剧真是让我厌恶到了极点。

这些善良的人们仍在试着让我分心，而且为我的状况秘密地忧心，但是没有人知道我究竟是怎么了。哈尼娅，无论她是否猜到了什么——因为她很有理由相信我是爱上了劳拉·奥斯崔斯基——她都尽自己所能地来安慰我。但是，即便是在面对她的时候，我的态度还是很粗鲁，以致她在跟我说话的时候难掩某种紧张。连我那经常对人严厉的父亲，都亲自努力着分散我的注意力，希望能够让我把心思转转，同时也试探一下我的态度。他不止一次地跟我说着自认为有趣的对话。一天，在吃完晚饭后，我们一起来到宅院前。

“难道偶尔你不会被某种东西所打击到吗？”他用询问的眼神看着我，问道，“我想趁这个时候好好问问你，难道赛林姆和哈尼娅相处得过于亲密这件事没有打击到你吗？”

简单地判断了一下情形之后，我应该变得苦恼起来，让自己完全被打动，正如他们说的那样。但是我处于这样一种精神状态中，父亲的话语让我产生一种贯穿全身的战栗，可是我不能让这种战栗的表情把自己出卖，所以我镇定地回答：

“不，我知道他不会的。”

父亲提出的这些问题让我很受伤。我自己认为，既然这些事情单单找上了我，那就应该让我独自地搞定它。

“你保证是那样吗？”父亲问。

“我保证。赛林姆爱的是华沙的一个女同学。”

“我之所以说这些，是因为你是哈尼娅的监护人，并且照顾她是你的责任。”

我知道，正直的父亲之所以说这些，是为了唤起我的斗志，用这些事情来占住我的心思，把我的灵魂从那个我慢慢陷入的忧郁怪圈里拉回来，但是我好像堕落般的用冷漠而又阴郁的语调回答说：

“我是哪门子的监护人？你们都并不在家，所以老米可拉把她托付给了我，但是我不是一个真正的监护人。”

父亲皱了皱眉看着我，即便用这种方法不能让我袒露心声，那么他就选择另外一种方法。灰白的胡须下他微笑着，半眯着眼睛，像个老兵那样，轻轻地揪着我的耳朵，然后像开玩笑一般的问道：

“但是，会不会是哈尼娅把你迷倒了？说说吧，我的孩子。”

“哈尼娅？一点也没有。您真会开玩笑。”

我大言不惭地撒着慌，但是这情形度过得比我期望中的顺利多了。

“那么劳拉·奥斯崔斯基也没有把你迷倒吗？嗯？”

“劳拉·奥斯崔斯基，那么一个风骚的女人？”

父亲开始有点不耐烦了。

“那么到底是见什么鬼了？如果你没有爱上什么人，那么立刻给我精神抖擞点。”

“你想知道发生了什么事吗？那就是我什么事情也没有。”

但是我真的被不管是父亲，还是神父，甚至是潘妮·德叶维斯面带焦虑的问题折磨得更加不耐烦了。最后我和他们之间的关系变得非常的不愉快。什么事都可以让我丧失理智，为了一丁点的小事我也会发脾气。路德维克神父看到我这种蛮横的性格随着年龄的增长而慢慢浮现，他意味深长地看着父亲，然后笑着说道：

“有其父必有其子！”

但是，有时候甚至是牧师都对我没了耐心。父亲和我之间总是会频繁地出现一些非常令人不愉快的桥段。有一次在吃晚饭的时候，我们为了贵族和民主的问题争论了起来，我当时忘记了自己的身份，宣称自己的千般不乐意出生在一个贵族家庭。父亲命令我离开房间。女士们因为这个情形吓得失声痛哭，整整两天家里的人都一直因为这个事郁郁寡欢。

对于我来说，我既不是一个贵族政治论者，也不是一个民主主义者，我只不过是陷入了爱情闷闷不乐。我的内心已经没有空间去想什么规则、理论或者是社会信条，如果我真的按照名称去反对什么，也仅仅是处于自身的愤怒，不用管他是哪个谁或者为什么，就像我起初跟路德维克神父争论宗教信仰时一样。随着门的砰然关上，争论声到此结束了。简单来说，我囚禁的不仅仅是自己本身，还有整个家里的人。当赛林姆在十天之后回来时，所有人的心都像一块石头落了地。他来的那天我没有在家，因为我那时正在附近骑马。在临近晚上的时候，我回来了，径直走到农场那边，管马厩的一个男孩一边牵过我的马一边告诉我说：

“赛林姆从赫维利过来了。”

当下卡泽欧也跑了过来，又向我报告了一下这个消息。

“我已经知道了，”我粗鲁地回答，“赛林姆现在在哪？”

“和哈尼娅一起在花园里，我想。我应该去找找他。”

我俩一起去了花园，但是卡泽欧跑在前面。我刻意放缓了脚步跟路过的人打着招呼，走了大概不到五十步的时候，在小路的转弯处我看到卡泽欧匆匆忙忙地跑了回来。

成天调皮爱闹的卡泽欧从很远的地方就开始像猴子一样向我打手势挤眼睛。他的脸红红的，手指放在嘴巴前努力地憋着笑意。当他跑近我的时候，压低了声音跟我说：

“亨瑞克！他！他！他！嘘！”

“你在干什么？”我怪声怪气地问他。

“嘘！我的天哪！他！他！在那边的凉亭里，赛林姆在哈尼娅的面前跪了下来。我的天哪！”

我立刻抓住了他，并用手捂住了他的嘴。

“安静点！待在这儿！一个字也不要对其他人说，明白吧？待在这！我自己去看看，但是你安静点，如果你还想好好过日子，最好在别人面前一个字也不要提起。”

卡泽欧一开始就把这整件事情往幽默里想，但是看到我死灰般的面孔后，他显然害怕了，张着嘴呆站在原地，但是我像疯了一样朝凉亭跑去。

我迅速而又静悄悄地向凉亭周围的灌木丛移动过去，我让自己爬上一面矮墙，这堵墙是由一些短小的枯树枝搭成的，所以我可以听到并看到眼前的一切。窃听者这个令人恶心的角色此刻并没有让我感到丁点的不适。我小心翼翼地拨开灌木丛的树叶，竖起耳朵仔细地听。

“附近有人！”哈尼娅克制着自己的声音低声说道。

“不会的，只是树叶晃动的声音。”赛林姆回答。

他在她身边的矮凳上坐着，她的面容苍白，眼睛紧闭着，头靠在他的肩膀上。他用手臂紧紧地圈住她的腰，神情而又愉快地把她拉向自己。

“我爱你，哈尼娅！我爱你！我爱你！”他动情地向哈尼娅耳语，并且低下头寻找着她的嘴唇。她向后撤了撤身，像要避开这个吻似的，但是两唇还是碰到了一起，相互缠绕了很久很久，在我看来似乎过了整个世纪。

我觉得他们想对对方所说的一切都融化在这个吻当中了。某种羞涩让他们无法说出这些情话。他们胆子大到可以接吻，但是却不敢讲情话。四周弥漫着死亡一般的宁静，传入我耳中的只有他们急切而又热烈的呼吸声。

我用手抓住凉亭的木栏栅，以防我冲动地把它捏成碎片。我的眼神变得漆黑，头顶一阵阵晕眩，脚下的地面不住地漂移，好像要进入某个无底的黑洞。但是，即便是以我的生命为代价，我也希望听到他们所说的话，所以我调整了一下自己的情绪，在烈日下顶着干裂的嘴唇，额头抵在栏栅上，我认真地听着，细数着他们每一次的呼吸。

这种安静仍旧持续了一段时间。最后，哈尼娅开始低声说话：

“够了，够了！我不敢望着你的眼，我们还是离开这儿吧。”

说着她把头扭向一边，试图从他的怀中挣脱出来。

“噢，哈尼娅！我怎么了？我是这样的高兴！”赛林姆喊道。

“我们离开这儿吧。一会儿有人会来的。”

赛林姆跳了起来，眼波闪烁，兴奋地张大了鼻翼。

“让全世界的人都来吧，”他说，“我爱你，而且我会在所有人的面前这样说。我不知道这是如何发生的。我一直在挣扎着、痛苦着，因为似乎在我看来，亨瑞克是爱你的，而你也爱他。但是现在我什么也不管了。你是爱我的，这是一个关于你的幸福的问题。噢，哈尼娅！哈尼娅！”

然后又一次传来亲吻的声音，然后哈尼娅用一种温柔，似乎有点虚弱的声音说：

“我相信你，我相信你，赛林姆，但是我有许多的事情需要告诉你。我想，他们想把我送到国外的女主人那里。昨天，潘妮·德叶维斯向亨瑞克的父亲提起这个事。潘妮·德叶维斯认为我是导致潘·亨瑞克行径怪异的主要原因。她认为亨瑞克爱上我了。我自己并不知道，但是事情就是这样。有好几次，我好像看出亨瑞克是爱上我了。可是我并不懂他，对他有些惧怕。我有预感，他会给我们俩造成阻碍，会拆散我们，但是我——”

她用勉强能够听见的声音说：

“我爱你，非常非常地爱你。”

“听着，哈尼娅。世间没有什么力量能够拆散我们。如果亨瑞克不让我来这里，我就给你写信。我有能够经常送信的人，而且我也可以自己过来。我们可以晚上在池塘边见面，常去花园吧。但是你不要出国。如果他们想把你送出去，我是不会允许的，我向上帝发誓。不要再说这种话了，哈尼娅，否则我会疯掉的。噢，我心爱的，我心爱的！”

他抓住哈尼娅雪白的双手，动情地亲了亲。突然，她从长凳上迅速地站起身来。

“我听到声音了：有人过来了！”她有点害怕地喊道。

两个人都走了，尽管没有人正往这里走来，也没有人曾经来过。黄昏朦胧的光亮在他们的身上洒下一片金黄，但是对于我来说，这些光亮似乎红得像血一样。我筋疲力尽地缓慢地向房子的方向走去。在小路的转弯处，我遇见了四处张望的卡泽欧。

“他们已经走了。我看到他们了，”他轻声说道，“告诉我，我该怎么办？”

“对准他的头，一枪崩了他！”我嘶喊着。

卡泽欧的脸色涨红，眼中闪烁着点点光亮。

“非常好！”他说。

“闭嘴！别犯傻！什么都别做。别管别人的事，管好你自己，卡泽欧，安静点。让我来处理这一切。需要你的时候，我会告诉你的，但是在任何人面前都不要说出一个字。”

“即便他们要杀了我，我都不会吭一声的。”

我们沉默地走了一会儿。卡泽欧发觉到问题的严重性，也嗅到一些可怕的气息，面对这一切，他的心怦怦直跳，看向我的眼神闪闪发亮，然后他说：

“亨瑞克！”

“怎么了？”

我们都轻声说话，即便周围没有人在偷听。

“你会和赛林姆决斗吗？”

“我不知道，可能会吧。”

卡泽欧停了下来，然后突然用胳膊绕住我的脖子。

“亨瑞克！我高贵的哥哥！我的心肝！我的唯一！如果你要决斗，就让我去吧。我会搞定他的。让我试试吧。让我去，亨瑞克，让我去！”

卡泽欧只是简单地梦想着骑士般的事迹，但是我却前所未有地体会到兄弟间的感情，所以，我把他拢到我的怀里，用尽所有的力气说道：

“不，卡泽欧！我还什么都不知道，而且除此之外，他也不会接受你的挑战的。我对将来会发生的事还一无所知。另外，趁着这个时候去指导一下伙计装马鞍吧。我会提前去，会在路上遇见他，跟他说话。盯着他们俩，但是别让他们怀疑你知道了什么事。去装马鞍吧。”

“你会带家伙去吗？”

“嘘！卡泽欧，他手上什么都没有。不，我只是想着跟他说话。镇定点，立刻去马厩那里。”

在听到我的指令之后，卡泽欧立刻跳起来离开了。我慢慢地回到家。我看起来就像是一个被斧头靶砸中脑袋的人。我有权利告诉大家，自己并不知道该做些什么，不知道该如何行动。我只是单纯地想大声呐喊。

我是如此焦虑地想要确定，直到完全确信自己已经失去了哈尼娅的心。我觉得此刻自己的心头落了一块石头：倒霉事已经找上了门。我看着它冰冷的脸庞和无情的眼睛，但是一种新的不确定在内心萌生——不是对我的倒霉而萌生不确定，而是比这糟糕一百倍，是我自己的一种无助感，而这种不确定就像是我该如何同这种无助感做斗争。

我的内心充满着苦楚、痛苦和狂怒。自我否定的声音和忠于自我的声音时不时地在心中响起，对我说着：“看在她幸福的份上放过哈尼娅吧，为她的幸福着想是你首要的责任，牺牲你自己吧！”那些声音现在完全变得静默下来。默然地悲伤，忠于自我，还有泪水像一个个天使一般飞离了我。此时的我就像是一只被踩踏过的蠕虫，但是人们已经忘了它还拥有一根刺。现在，我已经让自己被不幸捕获了，就像一只狼被一只猎犬捕获一样，但是我有太多的不屑，于是开始像狼一样露出自己的牙齿。一种叫作复仇的活跃力量开始在我心中被唤起。我开始对赛林姆和哈尼娅感到一种憎恨。“我会失去生命，”我想，“我会失去一切这世上一切可以失去的东西，但是我不能允许这两个人幸福。”被这样的想法所洞察，我像抓住救命稻草的死刑犯一样抓住了这一点。我已经找到了一个生存的理由，眼前的视野顿时变得明亮起来。我深深地、自由地吸了一口空气，就像从前没有过的一样。我那些被打落吹散的想法又有序地整合在了一起，铆足了所有的力量来一致面对赛林姆和哈尼娅。当走到家的时候，我几乎已经镇定下来，并且异常冷酷。大厅里坐着潘妮·德叶维斯、路德维克神父、哈尼娅、赛林姆，还有卡泽欧，卡泽欧刚从马厩回来，寸步不离地跟着那一对恋人。

“有我可以骑的马吗？”我问卡泽欧。

“有。”

“你能跟我出去走走吗？”赛林姆说。

“好的，我可以。我得去草垛那边看看出了什么麻烦。卡泽欧，让我坐坐你的地儿。”

卡泽欧把地方让给了我，我坐在靠近赛林姆和哈尼娅的窗下的沙发上。很不情愿地，我想起了米可拉刚去世后的那天晚上，我们也是坐在这儿，听着赛林姆讲述克里米亚半岛上关于苏丹·哈伦和拉拉预言的故事。但是那时的哈尼娅还很瘦小，眼睛哭得红肿，靠着我的胸膛沉沉入睡，而现在，还是那个哈尼娅，已经趁着房间里的黑暗偷偷地覆着赛林姆的手。那个时候，友情的甜蜜充盈着我们三个，但是现在，爱与恨在挣扎战斗。但是，一切似乎都很冷静：一对爱侣正在凝视着对方微笑，而我比通常显得更高兴些。没有人怀疑这究竟是怎样一种高兴。

过了一会儿，潘妮·德叶维斯求赛林姆弹奏什么。他站了起来，坐在钢琴那边，开始弹奏肖邦的《玛祖卡舞曲》。我仍独自坐在沙发上跟哈尼娅待了一会儿。我注意到，哈尼娅像凝视彩虹一般注视着赛林姆，她已经乘着音乐的翅膀飞到一片美妙的境遇了，而我，决定把她从美梦中拉回现实。

“赛林姆有多少的天赋啊，他有不会的东西吗，哈尼娅？他又会演奏又会唱歌。”

“哦，还真是这样！”她说。

“另外，那是多么漂亮的一张脸！你看看他。”

哈尼娅随着我眼神的方向望过去，赛林姆坐在阴影里，但是头部被夜晚的月光照亮，在这团光亮当中，微抬的眼神让他看起来似乎神采飞扬——在那个时刻，他确实神采飞扬。

“他是多么的漂亮啊，哈尼娅，难道不是吗？”我重复说道。

“你非常喜欢他吗？”

“他一点也不在乎我的感觉，但是女人们爱他。啊，那个优泽娅是多么的爱他啊！”

哈尼娅光洁的额头上刻画出一丝惊慌。

“那么他呢？”她问。

“唉！他今天爱这个，明天爱那个。没有哪个人能让他爱得持久。这是他的本性。如果他曾经说过他爱你，可不要轻易相信。”（说到这儿的时候，我开始加重语气）“因为对于他来说，这只是一个吻的问题，并不涉及爱，你明白吗？”

“潘·亨瑞克！”

“这是真的！但是我又能说什么？这事跟你没关系。另外，你这么端庄，难道会把自己的吻献给一个陌生人吗，哈尼娅？我请求你的原谅，可能刚才的这种假设对你有所冒犯了。那么，你永远不会允许自己那样做吧，是吗哈尼娅，永远不会吧？”

哈尼娅起身要走，但是我用手抓住了她，用力地扣住她要离开的身体。我努力让自己镇定下来，但是内心的狂怒就像钳子一样疯狂地钳制着我，令我窒息。我感觉自己就要失去控制了。

“回答我，”我压抑着情感对她说，“否则我不会让你走的。”

“潘·亨瑞克！你想干什么？你在说些什么啊？”

“我说——我说，”我咬着牙低声说道，“从你的眼睛里看不到半点的羞耻心，嗯？”

哈尼娅无助般地又在沙发上坐了下来。我看着她，她的脸色苍白得没有一点血色。但是我对这个可怜的女孩早已没有了半点怜惜之情。我抓住她的手，紧握着她纤细的手指继续说道：

“听我说！我拜倒在你的脚下。我对你的爱胜过整个世界——”

“潘·亨瑞克！”

“安静点。我看到了并听到了有关你们俩的每一件事情。你们真是不知羞耻——你和他。”

“我的天哪！我的天哪！”

“你们真是不知羞耻。我连亲吻一下你的裙边都不敢，而他却能亲吻你的嘴唇。是你自己把他拉近亲吻的，哈尼娅，我真是鄙视你！我恨你！恨你！”

声音就这样在我的内心消逝。我开始急促地呼吸捕捉新鲜的空气，好像胸口要窒息了一般。

“你觉得，”过了一会儿，我说，“我会拆散你们。如果我为此必须赔上自己的性命，那么我会拆散你们，甚至会杀了他，杀了你，也杀死我自己。我刚才说的话不是真的。他是爱你的，他不能够让自己离开你，但是我要拆散你们。”

“你们说什么呢，表情那么的认真？”潘妮·德叶维斯问道，此刻的她正坐在房间的另一边。

有那么一瞬间，我很想站起来告诉大家所有的事情，但是我控制了一下自己的情绪，然后用看起来镇定又有些嘶哑的声音说：

“我们正在争论花园里哪个凉亭的风景更漂亮，是玫瑰凉亭还是葎草凉亭。”

赛林姆突然停了下来不再弹奏，他认真地看着我们，然后用极其镇定的语调跟我说：

“我要向所有人推举葎草凉亭。”

“你的品位不算差，”我回答，“哈尼娅的意见正好相反。”

“是真的吗，潘娜·哈尼娅？”他问。

“是的。”她低声回答。

我再一次地感到自己不能在这场对话中维持镇定多久了。眼前开始出现红色的晕眩。我起身穿过几个房间来到餐厅，抓起桌子上的灌满水的玻璃杯向头上淋去。然后，连自己都不知道做了什么，就把玻璃杯猛然摔向地板，砰的一声碎片满地，有一些竟然溅到了门口。

我的马和赛林姆的马都在门廊处站着，装好了马鞍。我跑回自己的房间待了一会儿，擦掉自己脸上的水渍，做完之后又回到了门厅。我看到牧师和赛林姆都不安地站在那儿。

“发生了什么事？”我问。

“哈尼娅变得虚弱起来，而且刚才昏倒了。”

“什么？怎么昏倒的？”我紧抓住牧师喊道。

“在你刚刚离开的时候，她突然大哭起来，然后就晕倒了。潘妮·德叶维斯把她扶回房间了。”

我一言不发地跑到潘妮·德叶维斯的房间。哈尼娅真的是勃然大哭后晕倒的，但是现在已经平静下来。当我看到她的时候已经什么都忘记了，只能像个女人般跪坐在她的床前，无视潘妮·德叶维斯的存在，我大喊：

“哈尼娅，我的宝贝，我的爱！你这是怎么了？”

“什么事都没有，现在什么事都没有了，”她虚弱地回答，并且试着冲我微笑，“现在什么事都没有了。真的没事了。”

我陪她待了一刻钟的时间，然后亲了亲她的手就回到了门厅。我并不是真的恨她，我正在像从未有过一般的深爱着她。但是为了弥补我残缺的爱情，在门厅看到赛林姆的时候，我恨不得上去掐住他的脖子。噢，是他，就是他，那一刻我对他产生了痛彻心扉的仇恨。他和牧师一同向我跑了过来。

“现在情况怎么样？”

“一切都很好。”我转身面对赛林姆，对着他的耳朵说道，“现在回家去。我们明天在森林边上的陷坑附近见面。我有话要对你说。我不想在这儿再看到你。我们的兄弟情义到此结束。”

血色涌到了他的脸上。“你这么说是什么意思？”

“明天会告诉你的。我今天不想动手。明白吗？我不想动手。明天早晨六点见。”

当我说完这些后，就转身回到潘妮·德叶维斯的房间了。赛林姆跟在我的身后跑了几步，但是在门口的地方停了下来。过了几分钟后，我透过窗户看到他已经骑着马走了。

我在哈尼娅外面的套间独坐了一个钟头。我不能进去，因为哭得虚弱的她已经睡着了。潘妮·德叶维斯和牧师一起去找父亲商量对策。而我就一直在那儿待到奉茶的时间。

在喝茶的时候，我发现父亲、牧师，还有潘妮·德叶维斯的表情一半神秘兮兮，一半又带着严肃。我承认，一种焦虑不安正在侵蚀着我。难道他们发现了什么吗？这很有可能，因为每一次我们年轻人之间发生了什么事，那一天就一定过得非常不自然。

“今天，”父亲说，“我收到你母亲的一封信。”

“母亲的身体好些了吗？”

“挺好。但是她很担心这里发生的事。她想快点回来，但是我没有允许，因为她应该在那儿再待上两个月。”

“母亲为了什么事担忧？”

“你知道村里发生瘟疫了，而我不小心把这事告诉了她。”

说实话，我并不知道现在瘟疫盛行。可能我听到过一点消息，但是显然我对这种消息充耳不闻。

“您会去母亲那里吗？”我问。

“我想想再决定吧。回头我们再谈。”

“亲爱的女主人已经出国快一年了。”牧师说。

“为了她的健康着想不得不这样做。她可能明年会回到家里过冬天。信里说她已经觉得身体好多了，非常想念大家，而且为了瘟疫忧虑不安。”父亲说道。然后他转身面对我，补充说：“喝完茶之后来我的房间。我有话对你说。”

“我会去的，父亲。”

我站起身，随着大家一起去看哈尼娅。她现在已经完全好起来了，希望能够起床走走，但是没有被父亲允许。在大概晚上十点钟的时候，从中午就待在村舍中的斯坦尼斯洛夫医生出现在门廊下。在他仔细地为哈尼娅诊察了之后，告诉大家她已经好了，但是需要休养，近期不能用脑学习，并且限定了娱乐的时间。

父亲询问了一下他的意见，是不是需要把我的妹妹带离村庄，直到疫情过去了再回来。医生安了安他的心，说这里并没有危险，而且他也会给母亲写信让她安心的。然后他就去睡觉了，因为连日的劳累已经让他筋疲力尽了。我带他去了另外一个房子，他和我今晚在那里睡觉。我刚要躺下来，因为连天的遭遇已经让身体累散了架，这时候弗兰尼克走进来说道：

“老爷让潘尼奇过去。”

我立刻就去了。在他的房间里，父亲靠着桌子坐着，桌上还放着母亲的来信。路德维克神父和潘妮·德叶维斯也在。我的心剧烈地跳动着，就好像一个被指控的犯人出现在审判席前。我几乎已经能够确定，他们会问我关于哈尼娅的事。而事实上，父亲开始从重要的事情说起。为了安母亲的心，他决定让潘妮·德叶维斯带着我的妹妹一起到科博坦的叔叔家里待一阵子。如果这样的话，哈尼娅就得单独和我们待在一起了。这是父亲不希望看到的。他知道，并对我们说，他并不想对年轻人之间发生的事过分地探究，但是也不会对这种事提出表扬，他希望这些事会以哈尼娅的离开而画上句点。

说到这儿，房间里所有的人都用询问的眼神看着我，但是，当我没有绝望地反对哈尼娅离开，而是高兴地赞成父亲的建议的时候，他们也没有表现出一点的惊讶。我的心里只是算计着，这种分离不也是切断了与赛林姆的一切关系吗。另外，我心里燃起了一种希望，像镜花水月一般的希望。那就是，除了我没有其他人能够把哈尼娅带到母亲那里。我知道父亲不能离开家，因为收割的季节又到了。我知道路德维克神父从来没有出过国，所以只有我能办好这件事。但是这个渺小的希望不一会儿就被扼杀在摇篮中了，因为我听到父亲说，潘妮·奥斯崔斯基要去国外待上几天，试试海水浴疗法，而且她已经同意带着哈尼娅过去，把她交给我的母亲。哈尼娅会在后天晚上的时候被送走。这让我无比地痛苦，但是与其让她留下来，还不如让她独自离开。另外，当我一想到“明天把这件事告诉赛林姆，他会有什么反应，会做些什么事”的时候，心中就感到无比的快活。

第十章

在第二天早晨六点钟的时候，我到了陷坑附近，而赛林姆已经在那里等我了。在向那边奔过去的时候，我郑重地告诉自己要镇定。

“你想对我说什么？”赛林姆问道。

“我想告诉你说，我知道全部的事情。你爱哈尼娅，而她也爱你。赛林姆，你用不光彩的手段诱惑了哈尼娅的心。第一，我就是想告诉你这些。”

赛林姆的脸色变得灰白，但是他体内的每一个愤怒的细胞都被我唤醒了。他让马更加靠近我，两匹马几乎要碰到对方了，然后问道：

“为什么？为什么？想好你说的话。”

“第一，因为你是一个伊斯兰教徒，而她是个基督徒。你不可能娶她的。”

“我会改变自己的宗教信仰。”

“你父亲不会允许这样做的。”

“哦，他会允许的。”

“除此之外，从每一个方面想都是有阻碍的。即便你改变了自己的宗教信仰，我或者父亲也不会让你娶哈尼娅，永远不会！明白吗？”

赛林姆从他的马鞍上向我微微倾过身体，一字一句地回答我说：

“这里轮不到你说话！现在轮到你明白了吗？”

我还是那么地镇定，因为我会把哈尼娅要离开的消息留到最后才说。

“她不仅仅是你一个人的，”我冷酷地，也是逐字逐句地回答他，“但是你不会再见到她了。我知道你心里想说可以写信给她。但是我告诉你，我会监视你们的，会头一个地把为你送信的人打得皮开肉绽。你不会再来到我家了，我杜绝你进入我家大门。”

“瞧瞧，”他怒声怒气地说，“现在轮到让我说话了吧。我并没有不光彩地引诱哈尼娅，而是你这样做了。现在，我更加清楚看到这一点。我问过你是否爱上了她，你回答说‘没有’！我想在有回旋余地的时候退出，但是你却拒绝做牺牲品。

“该责怪谁？是你自己虚伪地说过不爱她。出于你的虚荣心，出于你傲慢的自尊心，你羞于坦白自己的爱。你就是喜欢在黑暗中偷偷摸摸地去爱，而我却是光明正大的。你想禁锢住她的生活，而我却试着让她快乐。该责怪谁？我本想退出的，上帝知道我本想这样的。但是现在太晚了。现在，她爱上了我。听听我想说的话吧：你可以不让我进你家，可以拦住我的信件，但是我发誓不会放弃哈尼娅的，我不会忘记她，我会一直爱着她，为了找到她走遍天涯海角。我的表白是有点直接而又傻气，但是我是有爱的。我爱这世上所有的一切，我的整个生命都是因爱而活，没有爱我宁愿死去。我不希望给你的家庭带来不愉快，但是记住，现在我的内心已经产生了某种连自己都害怕的倾向。我已经准备好面对任何事情。哦，如果你对哈尼娅做了什么不该做的事——”

他急促地说着这些话，然后脸色灰白，牙关紧锁。强大的爱情力量已经把这个热情如火的东方面孔完全占据，浑身散发着爱情的温度，就像火焰中散发出的热量一样，但是我根本不在意，而是冰冷地回答：

“我来这儿不是来听你的表白的。我根本瞧不上你的爱情威胁，我再说一次：哈尼娅永远都不属于你。”

“再多听一句话，”赛林姆说，“我不会向哈尼娅诉说自己爱情的伟大的，因为我不会表达，而你也不会理解这一点。但是，我向你发誓，抛开我的爱情不说，如果她现在爱的是你，那么我会足够高尚地永远放弃她。亨瑞克，为什么我们为了哈尼娅而成为情敌？你之前总是很高尚的。那么听着：放弃她，然后再来跟我算账，即便是拿去我的命。我们握手言和吧亨瑞克！让哈尼娅来决定她的选择——记得是哈尼娅。”

他张开双臂打算拥抱我，但是我向后勒了勒缰绳。

“把哈尼娅留给我和父亲来照顾。我们已经为她打算好了。我很荣幸地通知你，哈尼娅后天就要出国了，而且你今后再也不会见到她。再见吧。”

“啊！如果是那样的话，我们又会见面了。”

“会见面！”

我掉转马头，头也不回地往家的方向跑去。

在哈尼娅离开前的这两天里，家里的气氛一直郁郁寡欢。潘妮·德叶维斯和我的妹妹在和父亲谈话后的第二天就已经走了。家里只剩下父亲、卡泽欧、我、牧师，还有哈尼娅。这个可怜的女孩现在终于知道自己必须走了，在得到消息的时候她真的倍感绝望。很明显，她想要寻求帮助，而且知道我就是她最后一块救生板，但是察觉到这一切的我，努力让自己不跟她单独待在一起，哪怕是一会儿。我很了解自己，知道她会泪影婆娑地求我帮她，而我在那时就什么也拒绝不了了。我甚至逃避看她的眼神，因为我不能忍受每当她看着父亲或我的时候，流露出的眼神就好像一个祈祷者在祈求同情一样。

另外，即便我想为她说情也是没有多大作用的，因为父亲从来不会改变他已经决定的事情，加之某种羞耻的感觉让我远远地离开哈尼娅。在她的面前，我为自己跟赛林姆最后的谈话内容而感到羞耻，为自己最近粗鲁的行径而羞耻，为自己的角色而感到彻头彻尾的羞耻，但是，虽然我刻意地同她保持距离，我的目光还是远远地追随着她的。我知道赛林姆日夜地在我家周围徘徊，就像食肉鸟在等待猎物一样。

在谈话后的第二天，我看到哈尼娅匆匆忙忙地藏起一张信纸，毫无疑问，这是一封写给赛林姆的信，也有可能是赛林姆寄来的。我甚至可以预料到他们很有可能会再见面，但是即便我每时每刻都在盯着赛林姆，但是还是没有抓到他。

时光如白驹过隙，两天的时间很快就过去了。在她临去奥斯崔斯基的前一个晚上，父亲去隔壁镇上买马了，还带着卡泽欧，让卡泽欧试试马的好坏。路德维克神父和我要护送哈尼娅去奥斯崔斯基。我注意到，随着决定性时刻的步步临近，她浑身散发出一种极大的焦虑不安。她的眼神闪烁，整个身体都在颤抖。时不时地像受到惊吓的小兔一般瑟瑟发抖。最终太阳西沉了，在地平面上映照出微弱的光芒，厚厚的乌黄色的云彩相互堆积，预示着暴风雨的来临。在西边的地平线上，远远地听到持续不断的打雷声，就像即将来临的暴风雨发出的可怕的抱怨一样。空气中闷热异常，时不时地夹杂着几声闪电。鸟儿在屋檐下或树下躲藏着，只有燕子不安分地在天空中穿过。树上的叶子已经不再发出沙沙的声响，只是毫无生气一般怏怏地挂着。顺着农家庭院的方向听去，从牧场上归来的牲畜发出一声声哀怨的吼叫。到处都弥漫一种阴郁低沉的不安状态。路德维克神父关上了窗户。而我希望能够在暴风雨爆发之前赶到奥斯崔斯基，所以我起身走到马厩那里，然后催促着马倌。在我离开房间的时候，哈尼娅站了起来，但是又突然坐下了。我看了看她，只见她的脸红了一下，然后又变得苍白。

“这种天气让我有点透不过气！”她说着，然后靠近窗户坐下，开始用手帕使劲扇着。

很明显，她的这种奇怪的焦虑感在与时剧增。

“我们可以等等看，”牧师说，“这场暴雨可能就下个半个小时那样的。”

“半个小时都能让我们到达奥斯崔斯基了，”我回答，“另外，谁知道我们是不是在瞎担心。”说完我就向马厩跑去。

我的马已经装好了马鞍，但是像往常一样，车厢的安装有点慢。半个小时以后，车夫赶着马车走到了门廊前。我在后面骑着马跟着。

看起来暴风雨就要来了，但是我却一点都不想再耽误时间。他们马上把哈尼娅的行李箱搬了出来，在车厢后面绑好。路德维克神父穿着一身亚麻材质的白袍在门廊处等着，手上拿着把白颜色的伞。

“哈尼娅在哪儿？她准备好了吗？”我问。

“她已经准备好了。半小时之前去小教堂祷告了。”

我去了小教堂，但是没找到哈尼娅。我又去了餐厅，从餐厅转到了客厅——但是哪里都没有她的人影。

“哈尼娅！哈尼娅！”我开始放声大喊。

没有人回答。我有点被吓到了，赶快跑到她的房间，以为她可能又昏倒了。我看到老仆人温格鲁西亚正坐在她的房间里哭泣。

“时间到了吗，”她问，“是时候向小姐说再见了吗？”

“小姐在哪儿？”我有些不耐心地问她。

“她去花园了。”

我立刻向花园跑去。

“哈尼娅！哈尼娅！我们该出发了。”

无人回应。

“哈尼娅！哈尼娅！”

就像在回应我一样，树叶开始被突然来到的暴雨打得沙沙作响，豆大的雨点落了下来，四周又变得一片寂静，我什么都听不到了。

“这是这么了？”我问自己，突然害怕得头发都瑟瑟发抖。

“哈尼娅！哈尼娅！”

顷刻间我似乎听到花园的另一边传来了回音。我迅速让自己清醒过来。“哦，真是个傻瓜！”我想着，然后顺着声音传来的方向跑过去。但是，我什么都没找到。

花园另一边的尽头是用木栅围起来的，木栅之外就是通向田间羊圈的小路。我抓住木栅朝小路上看。但是那里空无一人。

只有农家孩子伊格纳斯在木栅附近的沟渠中赶着鹅群。

“伊格纳斯！”

伊格纳斯摘下帽子向木栅这边跑过来。

"你看到小姐了吗？"

"我看见她离开了。"

"怎么走的？她什么时候走的？"

"她和赫维利的潘尼奇一起朝森林走去了。哦，他们的马跑得飞快！"

上帝啊！圣母马利亚！哈尼娅和赛林姆私奔了。

我的眼神顿时变得漆黑，紧接着一道闪电划过，好像要直直地穿透我的头。我回忆起哈尼娅焦虑不安的神态，想到她手上的那封信。那么所有的一切都是被安排好的。赛林姆已经给她写信并且见过她了。他们决定在我们出发前一起离开，因为他们知道那时所有人都会很忙碌。上帝啊！圣母马利亚！我出了一身的冷汗，连自己都不知道怎么回到了门廊。

"马！马！"我用可怕的声音狂喊。

"出了什么事？出了什么事？"牧师冲我喊道。

只有刹那间咆哮而过的雷鸣声回应了他。我骑着马狂奔，耳边响起呜咽的风声。我冲进柠檬树林中的小路，穿过小路冲着他们逃跑的那条路奔过去。我匆忙地越过一片片天地，快马加鞭地向前奔跑。他们逃跑留下的痕迹很明显。这时候，暴风雨开始了，天变得黑起来。大片的乌云狂放地包围刺眼的闪电。有时整个天空好像成为了一条烈焰，接下来更加浓密的黑暗劈头盖脸地袭来，顿时间瓢泼大雨倾然而下。树枝摇曳着弯向路边。被我疯狂抽打着马鞭紧压着马刺的马儿喘着粗气哼鸣着，而我也因内心出奇的愤怒而气喘吁吁。

我稍微弯下腰，看着道路的轨迹，脑中和眼前都是一片迷茫的空白。怀着这样的情绪，我冲进了森林。此时暴风雨下得更紧了，雷声和雨点狂怒地席卷了整个大地和天空。森林里的树木被狂风吹弯了腰，一个个就像田地里被吹得东倒西歪的麦子，挥舞着黑色的枝杈，雷鸣声在黑暗中在一棵棵松树之间泛起回音。雷声、树木的摇曳声、枝干断裂的碰撞声，所有这一切汇在一起演奏着地狱般的交响乐。我现在已经看不清道路了，但是仍像劲风一样向前狂奔。在森林远处，一道刺眼的闪电照亮了地面，我又发现了脚下的路，但同时害怕地注意到，马的喘息声越来越狂躁了，而速度却慢了下来，于是我更加频繁地挥舞着马鞭。

跨过森林就是一片沙土地，我可以绕过它向前，但是赛林姆肯定已经穿过去了。这无疑会减缓他的逃跑速度。

我抬起双眼。“啊上帝！这一切都是为了不让我追上他们吗，如果这是您的旨意，那么就杀死我吧！”我绝望地喊道。我的祷告声似乎被上天听到了。突然间，一条红色的闪电划过黑暗的天空，在它如血的亮光里我看到一辆逃跑中的马车。我看不清他们的脸，但是百分之百确定那就是赛林姆和哈尼娅。他们离我大概不到三分之一英里远，但是移动得并不快，由于四周的黑暗和下雨引发的洪水，赛林姆只能极其小心地驾着马车。我悲喜交加地大喊了一声。现在，他们不能再从我儿这逃走了。

赛林姆看了看四周，也大喊了一声，然后继续用藤条抽打着受惊的马匹。在闪电照耀的一瞬间，哈尼娅也发现了我。我看到她绝望地抓着赛林姆，而他在不断地对她讲什么事情。不到一会儿，我已经近到可以听到赛林姆说话的声音了。

“我带着家伙！”他在黑暗中冲我喊。“不要再靠近，我会开枪的。”

但是此刻的我什么都不在乎了，我不断地靠近，再靠近。

“停下！”赛林姆喊，“停下！”

我离他不到五十码远了，但是现在路似乎好走了一些，赛林姆抽打着马匹全速前进。我们两个之间的距离拉开了一会儿，但是我一次又一次地赶上了他们。赛林姆转过身拿枪对准了我。看得出来他很害怕，但是仍旧冷酷地向我瞄准。在下一秒钟，我感觉自己的手都可以触摸到他们的车厢了，但是突然间，一声枪响在耳边响起。我的马身倒向了一边，它几次挣扎着想站起来，最终跪倒在地。我试着拉起它，它蹬了蹬后腿，沉重地喘着气，然后带着我向地上滚去。

我立刻跳了起来，然后用尽剩余的全部力量向前跑去，但是一切都是徒劳，不一会儿的工夫，他们的马车离我越来越远了，然后，我只能在闪电撕开云层发出光亮的时候看到他最后一眼。我想要大喊，但是没有，胸膛好像窒息了一般。我听见马车发出的吱吱声渐渐弱了下来，最后，我靠着一块石头，身体不住地颤抖，然后轰然倒地。

可是我又立刻站了起来。“他们走了！他们走了！他们要消失得无影无踪了！”我大声地重复这些话，一点也记不得自己发生了什么。我是那样的无助，一个人孤零零地待在暴风雨中的夜晚。赛林姆那个恶魔已经战胜了我。但是，如果卡泽欧没有跟父亲一起出去的话，我们就可以一起追赶他们，那样的话事情会变成什么样呢?

“现在该怎么办？”我大声地嘶喊，让自己能听到自己的声音不变得疯狂。似乎周围的狂风都在嘲笑着我，对我吹着口哨：“去路边坐着吧，连匹马都没有，这时候他早就带着她走远了。”狂风就这样咆哮着、大笑着。我慢慢地走回马的身边，它的鼻孔流出了一股深色的血，现在已经凝固了，但是它仍然还活着，它喘息着，用垂死般的眼神看着我。我靠近它坐下，把自己的头靠在它身体的一侧，这样看起来，似乎我也是奄奄一息了。但是这个时候，狂风在我的头顶上打转，大声地笑着嘶喊着："他和她在那儿！"有好几次我似乎都听见了马车地狱般的吱吱声，带着我的幸福在黑夜中消失得无影无踪。然后狂风又在向我吹着口哨："他和她在那儿！"

一种惊人的麻痹感顿时缚住了我的整个身体。连自己也不知道时间到底过了多久。当我苏醒过来的时候，暴风雨已经过去了。天空中发散出一道道明亮的光纤，白色的云朵飘浮在空中，不一会儿，蔚蓝色的天空就露出了脸。地上升起了薄雾。我那身体已经僵硬的马提醒着我刚才发生的事情。我向四周看了看，确定自己的位置。我感到右面远远的有亮光，所以就赶快向着光源靠近。事实证明，此刻我就在离奥斯崔斯基不远的地方。

我决定去宅院看看潘·奥斯崔斯基，其实我可以更容易一些，因为他并不住在庭院里，而是有个自己的小房子，通常他都是在那儿睡觉和消磨时间。他的窗户中现在仍然透着光亮。我敲了敲门。他亲自打开了门，然后吃惊地往后退了一下。

"真是胡闹！"他喊道，"瞧瞧你现在成什么样了，亨瑞克！"

"我的马被闪电击中了，就在不远处的路上。我没有办法了只能来这里。"

"看在上帝的分上！看看你全身都湿透了。真是胡闹！我给你拿点吃的和干衣服过来。"

"不，不，我想立刻回家，没有别的要求。"

"但是哈尼娅怎么没有来？我的妻子要在凌晨两点钟的时候出发。我们以为你会带着她过来在这里过夜。"

我决定立刻向他说出全部的事情，因为此刻的我太需要他的帮助了。

“发生了点倒霉事，”我说，“我希望你别对其他任何人提起这事，对你的妻子、女儿还有家庭教师也不要提。我们家族的名誉就在于你了。”

我知道他对谁也不会说，但是我不指望这件事能掩盖多久，所以我宁愿先预料到这一点，以便他在某种情况下能够解释所发生的事。我告诉了他事情的全部，告诉他我爱上了哈尼娅。

“可是，我想你肯定要和赛林姆决斗？真是胡闹！什么——”他说，然后继续听我讲。

“是的，我希望明天同他决斗。但是今天我必须追上他们，所以我恳求你能立刻把自己最好的马借给我。”

“你不需要追上他们。他们并没有走多远。他们兜兜转转又回到了赫维利，他们能去哪儿？真是胡闹！他们回去赫维利，然后去求助老弥尔扎。他们没有别处可去。老弥尔扎会把赛林姆关在谷仓，而且会把那位小姐送回你家。真是个闹剧！哈尼娅！哈尼娅！干得好！”

“潘·奥斯崔斯基！”

“放轻松，放轻松，我的孩子，别生气。我不会说她的坏话。但是我家的女士们可不会这样。我们现在还在等什么？”

“没错，我们别耽误时间了。”

潘·奥斯崔斯基停顿了一下。“我知道现在该怎么做。我立刻去赫维利，而你回家，或者最好留在这儿。如果哈尼娅在赫维利，我会把她接回你家的。你觉得他们可能不会把她给我？胡闹！但是我更希望能跟老弥尔扎一起把她带回去，因为你父亲可是个坏脾气，已经铆足了劲要跟这个老头儿大吵一架，可是，这个老头儿并不应该受到责备，不是吗？”

“我父亲没有在家。”

“这样最好！”

潘·奥斯崔斯基拍了拍手。

“亚内克！”

一个仆人走了进来。

“用十分钟给我准备好马车。明白吗？”

“还有给我准备一匹马吧？”我说。

“给这位绅士准备一匹马！真是胡闹！托上帝的福。”

我们沉默了一会儿。

“可以让我给赛林姆写一封信吗？”我问，“我希望通过这封信对他发出挑战。”

“为什么？”

“我担心他的父亲不让他参加决斗。老头会把赛林姆关上一段时间，认为这就足够了。但是对于我来说，这是远远不够的！如果赛林姆已经被幽禁了，你就见不到他，而且也不能通过他父亲给他传话，但是信就可以留给他们任何一个人。另外，我不会告诉父亲我要跟某人决斗了。他会因此而责问老弥尔扎的，可是老弥尔扎并没有做错什么，他不应该受此责备。但是如果我和赛林姆先进行了决斗，那么他们两个人就没有吵架的必要了。事实上，连你自己都说我必须跟他决斗。”

“我是这么想的：决斗，决斗！这是贵族解决问题的最好方式，不论是老人还是年轻人，这都是唯一最好的方式。对其他什么人来说，这简直是个闹剧！但是这说法并不适用于贵族。好吧，写信吧，你这么做是对的。”

我坐下来，写下了下面的话：“你真是个卑鄙的人。我用这封信拍你的巴掌。如果明天你不带着枪或剑出现在瓦赫的小屋那儿，你就是个可悲的胆小鬼，就像你现在一样。”

我把信封好，然后把它交给潘·奥斯崔斯基。然后我们就一起走出门外，马车已经备好了。在坐上马背之前，我的脑中突然冒出一个令人恐惧的念头。

“但是，”我对潘·奥斯崔斯基说，“如果赛林姆带着哈尼娅没有去赫维利呢？”

“如果没有去赫维利，那么就是他走得快些。现在是晚上，四面八方到处都是交错的道路，他很难识别方向。不去赫维利，他能带着哈尼娅去哪儿？”

“去N镇。”

“赶着同一匹马跑十六公里。冷静点吧，这简直就是胡说！不是吗？我明天会去N镇的，甚至是今天去，但是我要先去赫维利。再跟你说一遍，保持冷静。”

一个小时之后我已经回到家里了。夜已经很深了，但是窗户里还亮着灯。不一会儿人们就举着蜡烛在各个房间里穿梭。当我的马车停在门廊的时候，大门吱呀一声被打开了，只见路德维克神父手里拿着灯跑了出来。

“别说话！”他轻声说道，并做出嘘声的手势。

“但是哈尼娅她？”我慌乱地问道。

“哈尼娅已经回来了。是老弥尔扎把她送回来的。来我的屋里。我告诉你一切。”

我走进牧师的房间。

“你怎么了？”

“我追他们。赛林姆打中了我的马。父亲在家吗？”

“老弥尔扎刚走，他就回来了。哦，真是倒霉啊！倒霉！医生正在他的房间。我们担心他可能是中风了。他想立刻去找老弥尔扎理论。你现在不要去看父亲，这样可能会刺激到他。等明天你去恳求他不要去责问弥尔扎。那会犯下非常严重的罪过。另外，这个老人也不应该被责备。他打了赛林姆一顿，然后把他关了起来，哈尼娅是被他亲自送回来的。他命令所有的仆人都对这件事闭嘴。不过很走运，他并没有看到你的父亲。”

我顿时发现潘·奥斯崔斯基完美地预见了一切。

“哈尼娅现在怎么样了？”

“她全身都湿透了。发了高烧。你父亲严厉地责骂了她。这个可怜的孩子！”

“斯坦尼斯洛夫医生去看过她了吗？”

“去了，他要求她立刻上床休息。温格鲁西亚在旁边陪着她。在这儿等着我。我去看看你父亲，告诉他你已经回来了。他派人四处找你。卡泽欧也没在家，他出去找你了。哦，上帝啊！万能的上帝啊，看看这到底是怎么了！”

这样说着话，牧师去看父亲了。但是我没法在这等下去。我跑去看哈尼娅。此刻我并不想看到她，哦，不！那样的话对她太残忍了。我只是更想确定一下她是否已经真的回来了，又一次脱离了危险的她，此时和我同在一个屋檐下，劫后余生一般地待在我的身旁。

当我走近她的房间时，一种奇妙的感觉霎时贯穿了我的全身。我的内心没有愤怒、没有仇恨，只有深深的伤痛，还有难以言喻的心疼，她可怜地成为了赛林姆发疯的牺牲者。我只把她比作一只归家的鸽子，因为雄鹰是要展翅翱翔的。噢！这个可怜的小东西一定会觉得很丢脸，即便那种羞耻的感觉已经在赫维利经历过了，就在老弥尔扎的面前！我发誓自己今天一定不会责备她了，今后也不会，我会在她的面前表现得好像什么事都没发生过。

当我走到房间的门口时，房门打开着，我看到温格鲁西亚走了出来。我拦住她然后问道：

“小姐睡着了吗？”

“她没睡着，没睡着，”老人家反复说着这句话，“哦，我高贵的少东家，如果你当时在场就好了！当老爷冲着小姐大吼的时候，我感觉这个小可怜都要当场死掉了。她当时是那么的害怕，浑身都湿透了。哦，上帝啊！上帝啊！”

“她现在怎么样？”

“你去看看吧，她完全病倒了。幸好有医生在。”

我让温格鲁西亚立刻回到哈尼娅身边照顾她，不让关上房门，因为我想远远地看她一眼。事实上，穿过敞开的房门向黑洞洞的房间里望去，我看到她坐在床上，穿着睡袍。脸上泛着不正常的红晕，眼神闪烁。我还发现她的呼吸声很快，很明显，她发烧了。

我正犹豫着是要进去还是不进，这时路德维克神父拍了拍我的肩膀。

“你父亲叫你过去。”他说。

“路德维克神父，她病了！”

“医生马上就会来。这个时候，你应该去跟你父亲好好谈谈。去吧，快去，时间太晚了。”

“现在几点了？”

“凌晨一点了。”

我用手懊恼地拍了一下自己的额头，因为我要在五点的时候跟赛林姆决斗。

第十一章

在跟父亲谈了大概半小时之后，我回到了驿站，但是没有躺下来休息。我心里计算着时间，如果想要在五点的时候到瓦赫那里，那么必须四点就出门，所以我还有不到三个小时的时间做准备。不一会儿，路德维克神父过来了，看看我在经历这场劫难之后是不是生病了，是不是已经换好了干净的衣服，但是对于此刻的我来说，衣服湿还是不湿已经无所谓了。牧师催促我立刻上床休息，一边还喋喋不休地跟我说着话，就这样一个小时的时间过去了。

他向我详细地学了一遍老弥尔扎的话。赛林姆似乎向父亲坦白了自己所制造的这场疯狂闹剧，但是，就像他告诉他父亲的那样，他别无选择。似乎对于他来说，在他们私奔之后，自己的父亲将不能逃避这个事实，只能祝福他，而我们也于事无补只能把哈尼娅交给他。同样我也知道了一些真相，在同我谈完之后，赛林姆不仅仅是给哈尼娅写了一封信，他们还偷偷见面了，劝说她跟自己私奔。虽然这个女孩并没有意识到这样做的结果是什么，但是她当时本能地拒绝了，可是，赛林姆向她起誓，并且诉说着自己的爱慕。他告诉她，即便是逃跑也只是去到赫维利，然后他们就会永远幸福快乐地生活在一起了。他向她保证以后会带她回来的，但是那时是作为他未婚妻的身份了，所以我的父亲只能同意一切，而我也一样。另外，我也会从劳拉·奥斯崔斯基那里得到慰藉。最后，他恳求、祈求并哀求着哈尼娅。他说他可以为了对方牺牲一切，甚至生命。他不能离开她独自存活，那样的话他会跳水自杀，把自己崩了，或者是毒自己的。然后他扑倒在她的脚下，劝说她同意自己的想法。但是真当逃跑开始的时候，哈尼娅就越来越害怕了，哭着求他回去。但是他不肯，因为就像他告诉他父亲的那样，那时的他已经什么都忘了。

这就是老弥尔扎告诉路德维克神父的全部经过，他之所以说出了整个过程，是为了证明虽然赛林姆做出了这么疯狂的举动，但是他是处于真心才这么做的。经过权衡，路德维克神父决定不把这话说给父亲听，以免他生气，因为父亲已经为了哈尼娅忘恩负义的举动生了很大的气了。按照牧师的说法，哈尼娅并不是忘恩负义的人，她只是被罪恶的世俗爱情领入了歧途。由于这个原因，牧师告诉了我什么是世俗的感情，但是我一点也不想把这些套用在哈尼娅身上，认为她的爱情是世俗的，曾经的我是多么渴望能够得到她的爱情，即便献上我的整个生命，而现在这种爱情却被不同地定性了。我对哈尼娅感到深深的同情，另外，我那颗曾经被撕裂的心此刻与她的心离得越来越近了。所以，我恳求路德维克神父能够在父亲的面前维护她，能够像刚才对我解释的那样对父亲说明一切。然后我向他道了晚安，因为我希望自己能够单独待一会儿。

在牧师走后，我拿下父亲送我的那把著名的老军刀，还有手枪，开始为早晨的会面做准备。直到现在我也没有时间和心思去仔细考虑这次会面。我希望是为了自己的生与死而决斗，就这么简单。对于赛林姆，我确信他肯定不会让我失望的。我用柔软的棉布仔细地擦拭着军刀宽阔的蓝色刀片。尽管这东西好像快有两百年的历史了，这期间它不止一次地切开了敌人的盔甲和胸甲，不止一点地沾染上瑞典人、鞑靼人还有土耳其人的鲜血，可刀身上没有一丝的凹痕。金色的铭文“上帝啊，圣母马利亚”异常闪亮着。我试了一下刀刃，就像绸缎的边儿一样的锋利无比。刀柄上幽兰的绿松石似乎在冲着我微笑，好像在渴望手掌的紧握和温暖。

在擦拭完军刀以后，我又拿起了手枪，因为我并不知道赛林姆会带什么样的家伙。我在枪机的地方滴了滴橄榄油，用小片的亚麻布裹住子弹仔细地装上膛。完成这一切的时候已经是凌晨三点钟了。我收拾完毕后，让自己坐在扶手椅里开始沉思。

从事情的整个经过以及路德维克神父所告诉我的情况来看，有一点变得越来越明确了，那就是我要为所发生的事受到深深的谴责。我扪心自问，自己是否很恰当地完成了老米可拉托付给我的监护人的责任，回答是没有。我是否为哈尼娅考虑过，而不仅仅是为自己考虑？回答是没有！在所有的事情中，我都在为谁考虑？只有我自己。而哈尼娅，那个温顺脆弱的小姑娘却被夹在我们中间，就像一只被迫夹在猛禽之中的鸽子一样。我无法抑制自己内心强烈的疼痛，自己和赛林姆就像分享一个诱人的战利品一样在不断拉扯着她，而这场战役中的主宰者们却只想着自己，只有她，才是受苦最多最不应该受到责备的人。现在，两三个小时之内我们就要为她而进行最后的战役了。

这些想法让我感到无比的尖锐和痛苦。似乎整个世界的贵族们也在粗鲁地对待哈尼娅。不幸的是，母亲已经离家太久了，而我们这些男人们对待她是如此的粗劣，这朵柔美的花认命般地遭受蹂躏。责备声充斥着我们整个家庭，而这种责备必须由我或者赛林姆的鲜血才能补偿。我已经为任何一种结局做好了准备。

这个时候，日光已经穿透窗户射了进来，光线在一点点增强。我熄灭桌子上燃烧的蜡烛，已经快到黎明了吧。四点半的钟声清晰地在大厅里响起。

“好吧，时间到了！”我想，然后抓起一个斗篷罩在肩膀上遮住武器，以防我出去的时候碰到人，就这样我走出了驿站。

在经过房子附近的时候，我发现通常在夜间紧锁着的大门开了。很明显，有人出去了，所以我必须小心点避免碰到那个人。

我偷偷地顺着庭院的一边朝椴树林那边溜去，仔细看了看四周，发现周围的一切似乎还在静静地沉睡中。直到跑到了小路上我才大胆地抬起头，确定他们此刻从宅院那里看不到我了。昨晚的暴风雨让今天早晨的空气变得非常美妙清新。小路上，潮湿的椴树发出甜美的香气混着新鲜的空气迎面扑来。我向左转朝着锻造厂、磨坊和大坝的方向走去，那里是通向瓦赫家的路。在如此清新的早晨和如此晴朗的天气的影响下，我的睡意和疲惫一扫而光。我浑身都充满着一种美好的愿望，内心警告自己说，在那场即将到来的决斗中我一定会赢。赛林姆用枪是个行家，但是我也不差。用军刀的话，他在技巧上是胜过我，这没错，但是我比他长得强壮多了。强壮到他几乎无法抵挡我对他的攻击。“另外，不管怎样，”我想，“要做个了断，如果这不是解决问题的办法，那么就把它当作长久以来束缚我让我窒息的难题的一种切断。另外，不管是善意的还是恶意的，赛林姆给哈尼娅带来了极大的不公，他必须为此做出抵偿。”

怀着这样的想法，我走到了池塘岸边。水面上弥漫着薄雾和湿气。蔚蓝色的湖面上点缀着一丝丝晨曦的色彩。清晨才刚刚到来。空气变得越来越透明，到处都是新鲜、宁静、美好，只有芦苇丛那边传来几声野鸭的叫声。在快要走到水闸和桥头的时候，我突然停了下来，恨不得一头扎进泥土。

父亲站在桥头，胳膊背在身后，手上拿着一支熄灭的烟管。稍微向桥头栏杆欠了欠身，他若有所思地看着湖水和晨曦。很明显，他和我都没有睡着，此刻的他出来呼吸一下清晨的空气，或者是四处看看管理的事。

我马上转眼不再看他，因为我靠路边走，柳树能够遮挡住我与桥栏杆之间的视线，但是我离桥已经不到十码远了。此刻我躲在柳树后面，不知道接下来该怎么做。

但是父亲一直在原地站着。我看着他。失眠和焦虑浮现在他的脸上。他垂下眼帘开始进行早祷告。

耳边传来这样的话：

“万福马利亚，你充满圣宠！主与你同在！”他继续低声说着，然后又大声说道：

“你的亲子耶稣同受赞颂。阿门！”

我站在柳树后已经有些不耐烦了，决定悄悄溜过桥头。这样做是能行的，因为父亲是面对湖水站着，另外，他有点耳背，就像我之前提到过的那样，他军队服役的时候被连续的炮响声震聋了。我小心地一步步往前走，正在穿过桥头的时候，真不走运，脚下的一块木板松动了，发出声响。父亲向周围看了看。

“你在这儿干吗？”他问。

“哦，随便走走，父亲，我只是随便走走。”我回答，脸色却变得越来越红。

父亲走近我，轻微地打开了一下我掩盖得很好的斗篷，指着里面的军刀和枪问我：

“这是什么？”

说什么都没用了，我必须坦白。

“我会告诉你一切，”我说，“我要去和赛林姆决斗。”

我原以为他会勃然大怒，但是出乎我的意料，他只是说了一句：

“谁发出的挑战？”

“我。”

“就这样不跟你的父亲商量，就这样一声不吭吗？”

“我昨天在奥斯崔斯基向他发出的挑战，就在我追到他们之后。我不能向您询问什么事，父亲，另外，我担心您会阻止我。”

“你猜得没错。回家去。让我来处理整件事。”

我的心脏顿时由于前所未有的疼痛和绝望而缩紧了。

“父亲，我恳求你看在神的面子上，看在祖父的面子上，不要阻止我去跟这个鞑靼人决斗。还记得当时您怎么叫我民主主义者生我的气吗？现在我知道，自己的血管里流着和祖父同样的血。父亲，他伤害了哈尼娅！这样也能不受到惩罚吗？不要给人们留下话柄，说我们家让这个孤儿蒙受了委屈，不为她撑腰。我该狠狠地受到责备。我爱她，我没有向您说过。但是我发誓，虽然我没有爱过，但是看在她孤儿身世的分上，看在我们全家以及我的名誉的分上，我很清楚自己在做什么。意识告诉我说，这是一个贵族该做的事，而父亲您，请不要阻止我，因为如果我说的都是真的，那么我相信您会阻止我做一个贵族应该做的事。我不会！我不会！父亲，请您记住，哈尼娅是被冤枉的，是我发出的挑战，一言九鼎。我知道自己还不够成熟，但是不成熟的人难道就没有和成人一样的感情和荣誉感吗？我已经发出了挑战，我也作出了保证，而您也不止一次地告诉我说荣誉是一个贵族的首要权利。父亲我向您保证，哈尼娅是被冤枉的，是我们玷污了她，我保证，父亲，父亲！”

我亲吻着他的手，痛哭流涕。我恳求着父亲，可能有我保证的因素吧，父亲严厉的脸变得温和了，越来越柔和，他抬起眼睛，一颗大大的泪珠，承载着父辈的重量，滑落在我的额头。他的内心做了痛苦的自我挣扎，因为我看透了他的眼神，他爱我胜过这世上所有的东西，所以他因为我而浑身颤抖，但是最后，他冲我低下头用低沉的，几乎听不见的声音对我说：

“祖先们的灵魂会指引你的！去吧，我的儿子，去跟那个鞑靼人决斗。”

我们拥抱了一下对方。父亲把我按在胸膛抱了很久。但是最后他让自己从这种情绪中脱离了出来，然后欢快带劲地对我说：

“那么现在，决斗吧，我的儿子，直到你的战役直升云霄！”

我亲吻他的手背，他问：

“用剑还是用枪？”

“他来决定。”

“那么裁判呢？”

“不需要裁判。我信任他，他也信任我。为什么还需要裁判？”

我又一次拥抱了他，因为到该走的时间了。在走了大概三分之一英里的时候，我回了回头。我看到父亲仍在桥上站着，远远地在胸前画着十字保佑我平安。初升太阳的第一缕光线映照在他高尚的身躯上，泛出温和的光晕。在这样的光线中，微微抬起手掌的老兵就像一只老鹰一般远远地为自己的幼子祈福，因为这种展翅翱翔的生活也是他曾经所羡慕的。

啊，此刻我的内心是多么的倍感鼓舞！我充满了信心和勇气，别说一个赛林姆在瓦赫的小屋等着我，就是十个赛林姆我也立刻向他发出挑战。

我终于走到了小屋。赛林姆正在森林边上等着我。我承认，在看到他的时候，我内心的感觉就像是一只狼看到了它的猎物一样。我们挑衅地而又好奇地看着对方的眼睛。赛林姆在这两天中变化很大，他变得纤瘦而丑陋，但是可能只有我是看他变丑陋了吧，他的眼睛闪烁着狂热的光，嘴角微微颤抖。

我们立刻走进森林深处，但是在这个过程里，谁都没有说一句话。

最后，当我在松树林中找到一块开阔地的时候，我停了下来，然后问他：

“就这儿吧。你同意吗？”

他点点头，开始解开衣服纽扣，以便在决斗之前脱下来。

“你选吧！”我一边指着手枪和军刀一边说。

他指了指随身携带的一把军刀。这是一把土耳其军刀，拥有大马士革的刀片，顶端有很大弯曲的弧度。

这时候我也脱下了外套，他也照我的样子做了，但是他先是从口袋里掏出了一封信，然后对我说：

“如果我死了，请你把这封信交给潘娜·哈尼娅。”

“我不会收的。”

“这并不是告白，而是对她的解释。”

“同意！我会拿着的。”

就这样说着，我们向上卷起衬衫的袖子。只有现在，我的心脏才开始更加剧烈地跳动。最后，赛林姆紧握住他的刀柄，绷直身体，摆出击剑者的姿势，挑衅地高傲地把军刀高举过头，然后简单地对我说：

“我准备好了。”

我立刻向他进攻，这样猛烈的攻击让他连连后退，艰难地抵挡我对他的击打。尽管如此，他回应着我，一剑接着一剑，我们的动作是如此的迅速，似乎进攻和回应都是在同时间完成的一样。他的脸色发红，鼻孔喘着粗气，用鞑靼人的方式斜视着眼睛，放射出闪电般的光。

一时间，除了刀刃的碰撞声、钢铁的锵锵声以及我们急促的呼吸声之外，周围的一切都悄无声息。

不一会儿赛林姆就意识到，如果这场决斗这样持续下去，他一定会输，因为不论是肺活量还是体力上都难以支撑太久。大颗的汗珠顺着他的额头流下来，呼吸变得越来越沉重。但是同时，某种战斗的愤怒和疯狂已经冲昏了他的头脑。

随着动作而甩动的头发从前额垂下来，微张的口中露出雪白的皓齿。你一定会觉得这个鞑靼人的本性已经完全被这场决斗激发了出来，而这种兴奋在他手握着军刀嗅到鲜血的气味时更尤为强烈。而我的愤怒也不逊于他，并且在力量上更占优势。有一次他没能抵挡住我的攻击，左臂流血了。又过了几分钟，我的刀尖抵住了他的额头。他当时的状态很可怕，深红色的血液混合着汗水流到了他的嘴上和下巴上。这种样子似乎更激发了他的斗志，他像一只受伤的猛兽一般在我面前来回跳跃着。刀尖的速度快的可怕，像一条条闪电一般在我的头部、臂膀和胸前画着圈。我艰难地抵挡这些疯狂的进攻，考虑着如何才能扭转这种愈演愈烈的局面。有几次我们的身体离对方如此之近，几乎胸膛撞上胸膛。

突然，赛林姆跳开了，他的军刀正好在我的太阳穴附近咆哮，但是我用力抵挡住他的挑衅，他的头部一时没有了防护。我看准了刺了一剑，这一剑能够把他的头颅劈成两半，然而，突然间似乎是一条闪电击中了我的头部。我大喊："上帝啊！圣母马利亚！"军刀从我的手中滑落，我一头倒在了地上。

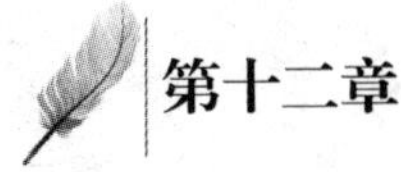

第十二章

在很长的时间里，我都记不起来，也不知道自己发生了什么事。当醒来的时候，我正躺在父亲的床上。父亲坐在我身边的扶手椅里，头向后仰着，脸色苍白，眼睛紧闭。百叶窗关着，桌子上仍点着灯。

在这万般寂静的房间中，我只能听到钟表的嘀嗒声。我茫然地抬头看了一会儿天花板，慢慢地唤回自己的思绪，然后，我试着想动一下身体，但是头部传来一种难以忍受的疼痛，让我动弹不得。这种疼痛让我回忆起一点发生过的事，所以我用低沉、虚弱的声音说：

“父亲！”

父亲颤抖了一下，马上俯身看着我。他的脸上浮现出一些愉悦和温和，对我说：

“哦，上帝啊！感谢您！他有意识了。你要什么，儿子？要什么？”

“父亲，我和赛林姆决斗了。”

“是的，我的宝贝！别再想那个了。”

沉默了一会儿以后，我又问道：

“父亲，是谁把我从森林里带到这儿的？”

“我把你抱回来的，但是什么也不要说了，不要再折磨你自己了。”

过了不到五分钟，我又开始问了起来。我一字一句非常慢地说：

“父亲！”

“怎么了，我的孩子？”

“赛林姆怎么样了？”

“他由于失血过多也昏倒了。我把他送回赫维利了。”

我还想问问哈尼娅和母亲，但是觉得自己的意识又一次模糊了。我觉得那些黑黄毛的狗正围着我的床边高兴地跷起前爪跳舞，我看了看它们。然后我好像又听到农家短笛的声音。时不时地，我看到对面墙上的挂钟里有报时的小东西从墙里伸了出来，然后又缩回去。我并不是一点意识都没有，只是感到发烧，思维有些分散，但是，这种状态一定已经持续了相当长一段时间。

偶尔我感到好一些了，就能模模糊糊地认出围在我床边的这些面孔，这是父亲，这是牧师、卡泽欧，还有斯坦尼斯洛夫医生。我记得这里面唯独缺少一张面孔。虽然还不能辨别出来，但是我知道自己感受到了那种欠缺，于是就本能地寻找起来。

一天晚上，当我沉沉地睡去，一睁眼的时候天已经快亮了。桌上依然点着灯。我觉得自己非常非常的虚弱。突然间我辨别出一个人影，她俯下身来看着我，起初我并没有看是谁，但是在她的注视下我感觉自己已经死掉了被带入了天堂。那是一张天使般的面孔，如此的美好、圣洁和宽容，泪水从这双眼中滑落，我觉得自己都要忍不住地哭泣了。后来，我的意识像闪光般回来了，眼前的景象渐渐变得清晰起来，我用微弱低沉的声音叫了一声：

“妈妈！”

这副天使般的面孔俯身拉起我平放在床单上的瘦弱的手，轻轻地吻了吻。我试着坐起来，但是疼痛感像针扎一般刺痛着我的太阳穴，所以我只能感叹着对母亲说：

“妈妈！我很疼！”

我的母亲，那就是她，开始替我更换捂在头部的冰袋。那个过程曾经让我痛得死去活来，但是现在，这双充满亲切和疼爱的双手开始小心翼翼地移动我那可怜的受伤的头颅，动作是如此的轻盈，我丝毫没有感到疼痛，我轻声说：

“真舒服！哦，真舒服！”

从那以后，我的意识有些增强了，只有在晚上的时候才会陷入发烧昏迷之中，然后我就会看到哈尼娅，虽然我意识清醒，但是从没看到她接近我，而且我总是看到她处于危险之中。有一次是一只红了眼睛的野狼向她冲了过去，而后某个人要带她走，好像是赛林姆，也好像不是赛林姆，那是一张长满黑色鬏毛的脸，头上还长着兽角。有几次我大声地哭喊，有几次我非常礼貌谦卑地祈求那只狼，或者是那长角的家伙，不要带她走。每当这时候，母亲都会把她的手掌轻放在我的前额，于是梦魇就立刻消失了。

终于，我不再发烧了，意识已经完全地恢复。可这并不代表我的健康状况变好了。另外一些并发症还有前所未有的虚弱感侵袭了我，我很明显地垮掉了。

在这些日日夜夜，我只是茫然地盯着天花板的。我好像是有意识了，但是对外界的一切都表现得无所谓，我一点都不关心自己的生死，也不关心是谁在床头照顾着我。我能接收到外界的讯息，能够看到我周围的一切，也能够记得一切，但是我没有力量去整理自己的思绪了，也没有力量去感觉什么。

一天晚上，我很明显地感觉到自己快要死了。一大支发出昏黄烛光的蜡烛放在我的床边，然后我看到路德维克神父穿着法衣站在那里。他给我做圣礼，然后在我的身上涂抹圣油，这一切做完之后他呜咽起来，情绪濒临崩溃。他们扶着我那不省人事的母亲。卡泽欧抓着自己的头发冲着墙号啕大哭。父亲紧扣着手坐在那里，好像是吓呆了一般。我能清楚地看到这一切，但是一切还是那么地无所谓。我还是像往常一般死气沉沉，眼神空洞地看着天花板、床边、床脚下，还有窗户，银色的一束束月光透过窗户照了进来。

再后来，仆人从各个房门涌了进来，他们哭泣着、呜咽着，也有人号啕大哭着。卡泽欧让他们进来，顿时整个房间都被填满了。但是父亲还是像顽石一般呆坐在那里。最后，当所有人都跪下来的时候，牧师开始做祷告，但是又停了下来，因为他不能抑制住自己的泪水。父亲突然站了起来，大声地喊道："噢，上帝啊！上帝啊！"然后整个人颓然倒地。

那一刻，我觉得自己的指尖和脚已经开始变凉了，一种奇妙的困意席卷了我，我打着哈欠想着："啊！我现在要死了！"然后就陷入沉沉的睡梦中。

可是我并没有死去，而是真的睡着了，这一觉睡得是如此的惬意，直到二十四小时以后我才苏醒了过来，这让我更不能理解刚才所发生的事。我漠视的态度已经消失不见了，年轻有力的身体真的战胜了死亡，而且在渴望着新的生命和力量。又一次的，一幅幅令人无法形容的欢乐景象出现在我的床边。而卡泽欧只是幸福地狂喜起来。

后来，他们告诉我，就在我决斗结束之后，父亲就带着伤痕累累的我回到家，而医生也不能保证把我救活，所以他们只好把直率的卡泽欧关了起来，因为他一直像一头野兽一样殴打赛林姆，并且他发誓，要是我死了，他一定会立刻一枪崩了那个鞑靼人。不过还算走运的是，赛林姆也有几处受伤，他也需要在床上躺上一段时间了。

现在，我一天天地好起来，重新唤起了对生命的渴望。父亲、母亲、牧师，还有卡泽欧不分昼夜地守在我的身边。我是多么地爱他们！当他们离开房间的时候我是多么地渴望他们的归来！但是随着生命的复苏，我和哈尼娅的红尘往事开始再一次在我的内心唤醒。当我从那个所有人都认为是永恒的长眠中醒来时，我马上问到了哈尼娅。父亲说她很好，但是她跟潘妮·德叶维斯还有我妹妹一起去叔叔家了，因为村里的痘疫越来越严重了。另外，他告诉我说，他已经原谅了哈尼娅，他已经忘掉了过去的一切，让我放心。

后来我不断地向母亲说起她，看到我总是提起这个话题，母亲就开始附和着我说话，然后用含糊的话语亲切地对我说，等我好了她就会把好多事都跟父亲说，但是前提是我要静心，并且努力快点好起来。

在说这些的时候，她的笑容中带着一丝忧郁，但是我却想喜极而泣。有一次，家里发生的一些事扰乱了我内心的平静，甚至填满了恐惧。有一天晚上，母亲在我身边坐着，仆人弗兰尼克跑了进来，让她去哈尼娅的房间。

我立刻从床上坐了起来。“是哈尼娅回来了吗？”我问。

“没有！”母亲回答，“她没有回来。他让我去哈尼娅的房间是因为他们正在那里刷油漆、贴壁纸。”

有时候，我感觉到，围在我身边的人们的额头上似乎萦绕着一种沉重感和难以掩饰的悲伤。我不知道发生了什么事，我的询问总是被莫明奇妙地驳回。我问卡泽欧，他左右而言其他，说家里的所有人都很好，我的妹妹、潘妮·德叶维斯和哈尼娅很快就会回来，最后还不忘告诉我让我安心养病。

“但是这些伤感是从哪里来的？”我问。

“看看你，我会全部告诉你的。这些天，赛林姆和老弥尔扎每天都过来，赛林姆整个人都绝望了，他大声叫喊着，只奢望能够看你一眼，可是父亲和母亲都很担心，怕他的露面会刺激到你。”

“真是个机灵的赛林姆，”我微笑着说，“他刺裂我的头颅，现在又来为我哭泣。好吧，那他现在还一直想着哈尼娅吗？”

“他怎么能还惦记着哈尼娅？我不知道。我也没问他这件事，但是我想他已经跟哈尼娅断绝所有关系了吧。”

“这真是个问题。”

“以防其他什么人会得到她，那么就这样按兵不动。”

说到这儿，卡泽欧孩子气地做了个鬼脸，然后调侃一样地说道：

“我甚至知道是谁。愿上帝赐予——”

“赐予什么？”

“她能尽快回来。”他匆忙说道。

这些话让我的内心完全平静下来。又过了两三天，一天晚上，父亲和母亲都坐在我的身边。他和我开始下棋。过了一会儿，母亲出去了，房门大开着。透过打开着的房门，我能看到这一整排的房间，最尽头的那一间是哈尼娅的房间。我看了看那里，但是什么都没看见，因为只有我的房间亮着灯。黑暗中我能看到的哈尼娅的房门，一样也是紧闭着。

后来，有人进来了，好像是斯坦尼斯洛夫医生，他也没有关上房门。

我的心脏在不安地跳动，因为哈尼娅房间里的灯亮了。

灯光向隔壁黑暗的大厅投射出一条明亮的光带，在那条清晰的光带的背影里，我似乎看到一缕精致的烟雾，像日光中的灰尘一样旋转着升腾到空中。

渐渐地，一股难以描述的气味扑鼻而来，而且在不断地变浓。突然间我的头发竖了起来。我知道那是杜松的气味。

“父亲！那是什么？”我喊道，并把棋子和棋盘推到了地上。

父亲跳起身来，迟疑了一下，然后也很快察觉到那是该死的杜松的气味，他赶快关起了房门。

“什么事都没有。”他匆忙说。

但是我已经站起来了，虽然脚步有点蹒跚，但是我快速地向房门扑过去。

“他们在烧杜松！”我喊道，“我想去那儿。”

父亲紧紧地拦住我，

“别去！别去！我不允许你去。”

绝望感铺天盖地地向我涌来，我抓住自己头上的绷带喊道：

“好吧，我发誓我会扯掉这些绷带，亲手撕开自己的伤口。哈尼娅死了！我想要见她。”

“哈尼娅没有死。我向你保证！”父亲一边冲我喊着一边紧紧地束缚住我的双手。“她生病了，但是现在好多了。放轻松！放轻松！我会告诉你一切的，但是你要躺下来。你不能去看她，你会把她弄伤的。躺下来吧，我向你保证她现在的状况好多了。”

我用尽了力气，重重地跌回了床上，只是反复地说着：

“我的上帝！我的上帝！”

“亨瑞克，振作点！难道你是个女人吗？男子汉一点。她已经脱离危险了。我答应过要告诉你一切，我一定会告诉你的，但是前提条件是你必须养足力气。把头放在枕头上。就那样。盖好被子，把心放下来。”

我听话地这样做了。

“我很平静，但是快点，父亲，快点告诉我吧！让我立刻知道事情的全部。她真的好些了吗？她出了什么事？”

“那么听着，赛林姆带她走的那天晚上下起了暴风雨。哈尼娅只穿了一条很薄的裙子，她浑身都湿透了。另外，他们疯狂的举动让她付出很大的代价。赛林姆带着她去了赫维利，在那儿她没有换衣服，还是穿着同样的湿衣服被送了回来。就在当晚，她就开始了寒战，发烧很厉害。第二天，温格鲁西亚向她说漏了嘴，告诉了她你的事。她甚至说你会被杀死的。很明显，这些话刺激到了她。到了晚上，她的意识就模糊了。医生检查了很长一段时间都不知道这是怎么回事。你知道，村子里的痘疫盛行，现在到咱们家了。哈尼娅染上了痘疫。”

我闭上双眼，似乎自己已经丧失了意识，最后我说：

“继续说吧，父亲，我很冷静。”

“也度过了一些危险的时刻”，他继续说，“就在我们觉得你要不行的那一天，她也几乎奄奄一息了。但是你们俩都是福大命大的人。现在，她醒过来了，你也醒过来了。再有一个星期的时间，她就会完全地好起来。”

“但是我们家发生了什么事？到底发生了什么事？”

父亲仔细地看着我沉默了一会儿，好像在担心他的话是否会刺激到我脆弱的神经。我一动不动地躺着。这种沉默持续地很久。

我整理了一下自己的思绪，开始迎接新的不幸。父亲站起来，开始在房间里来回踱步，而且时不时地看看我。

“父亲，”在经过很长一段时间的沉默后，我说。

“怎么了，我的孩子？”

“她——她的痘痕很严重吗？”

我的声音冷静而又低沉，但是内心狂跳着期待着他的回答。

“是的，”父亲回答，“跟一般得过痘疫的人一样。也许以后会没有印记了。现在是有印记，但是肯定会消失的。”

我把脸面对着墙，觉得有些事比我遭遇过的更糟糕。

尽管如此，一个星期以后，我有力气站起来了。两个星期以后，我见到了哈尼娅。啊！我真的不知道如何来形容这张美丽完美面孔的变化。当这个可怜的女孩从房间走出来的时候，我第一次看到了她，虽然我事前已经自我暗示不要流露出丁点的情绪，但是我还是虚弱地晕倒了。哦，她脸上的印记是多么的可怕啊！

当他们把我从昏迷中救醒后，哈尼娅大声地哭泣着，为了她自己也为了我，因为此时的我看起来也像个幽灵一般不成人形。

“我是罪魁祸首！”她呜咽着反复地说，“我是罪魁祸首！”

“哈尼娅，我亲爱的妹妹，别哭了，我会一直爱你的！”我像从前一样抓着她的手举到嘴边。突然间，我颤抖了一下收回了我的嘴唇。这双手，曾经是那样的白皙、精致、漂亮，现在变得如此的恐怖。上面布满了黑色的斑点，粗糙得几乎让人反感。

“我会一直爱你的！”我努力地重复说道。

我躺了下来。心中充满了疼惜以及一个哥哥伤心的爱，但是旧时的感情已经烟消云散了，就像鸟儿飞走了一样，不留半点痕迹。

我去了花园，在赛林姆和哈尼娅第一次相互告白的那个凉亭里，我哭了，就像刚刚逝去了某个心爱的人一样。事实上，对于我来说，从前的哈尼娅已经死了，而且，我的爱情也死了。我的内心只残留着无比的空虚和疼痛，就像大病初愈一般，混杂着记忆的泪水涌入我的眼眶。

我在那里坐了很久很久。宁静的夏日傍晚开始在树梢上出现黄昏的晕色。大家在四处找我，最后父亲来到了凉亭。他静静地看着我，尊重我此刻内心的伤痛。

“可怜的孩子！”他说，“上帝已经眷顾你了，相信主吧。主总是知道他该做的事。”

我把头靠在父亲的胸膛，一时间两个人都沉默了。

“你太爱她了，”过了一会儿，父亲说道，“所以，告诉我，如果我对你说，把你的一生交付给她，你会怎么回答？”

“父亲，”我回答，“我的爱情已经飞走了，但是荣誉不会。我已经准备好了。”

父亲热忱地亲吻了我一下，然后说：

“愿上帝保佑你！我赏识你，孩子，但是这并不是你的责任和义务，这是赛林姆的。”

“他会来这儿吗？”

“他会跟他的父亲一起来的。现在，他的父亲已经全部都知道了。”

事实上，赛林姆在黄昏时分才到。当他看到哈尼娅的时候，脸噌地一下变红了，然后又慢慢地变得惨白。很明显，他脸上的表情说明，他在内心和良知之间挣扎了好一会儿。一切都很清楚了，对于他来说，那只爱情鸟同样也飞走了。

但是这个年轻的贵族战胜了自己的内心，他站起身来，伸出双臂，跪在哈尼娅的面前，然后大声喊道：

“我的哈尼娅！我对你始终如一，永远不会抛下你不管的，永远不会，永远不会！”

哈尼娅的脸上顿时布满了泪水，但是她还是温柔地把赛林姆推开了。

“我不相信，不相信你还会爱我现在的样子，”然后，她用手遮住自己的脸，哭着说：“哦，你们都是多么高尚和好心！只有孤零零的我才是堕落的，罪孽深重的，但是现在，一切都结束了。现在的我已经完全成为另一个人了。”

不管老弥尔扎如何地坚持，也不管赛林姆如何地恳求，她一直都在拒绝。

生命中第一场突如其来的暴风雨摧残了刚刚盛开的美丽花朵。可怜的女孩！暴风雨过后，她现在需要的是一个圣洁安宁的庇护所，在那儿她可以抚慰自己的良知，让疲惫的内心得到休憩。

她已经找到了那个安宁和圣洁的所在，成为仁爱会的一名修女。

后来，生活中新的遭遇和一场可怕的灾难让我在很长时间内都没有她的消息。但是，在过了许多年后，我意外地碰到了她。天使般的面容上呈现出平和和冷静，可怕痕迹已经完全消失了。身穿修道院的黑袍、戴着白色头饰的她呈现出一种前所未有的美丽，但是这种美丽已经不再世俗，而更加天籁。

第三个女人

That Third Woman

第一章

我们画室的房租还没交，这是安塔克·苏耶塔特斯基和我一起租来用作居住和作画的。没交房租是因为，首先，我俩的兜里统共只有五卢布，其次，我俩发自肺腑地讨厌交房租。

大家管我们这种人叫流浪艺人，对于我来说吧，我宁愿去喝酒把钱花个精光，也不愿意用它交房租。

虽然，我们的房东并不是个坏心肠的人，但是我们还是变着法儿地跟他对着干。

当他过来跟我们催房租的时候，通常这种情况会发生在早晨，睡在铺着稻草的地板上的安塔克就会拿一块被当作背景布的土耳其地毯蒙住自己，然后摆成席地而坐的姿势，用阴沉的语调说：

“能见到你真好，因为我刚才梦见你死了。”

这个迷信的房东当然害怕自己会死掉，立刻觉得有点疑惑不安。说完安塔克倒向他的稻草床铺，伸直了双腿，然后双手交叉着平放在胸前，继续说道：

“梦中的你就是这样，手上戴着白色的手套，指套还很长，脚上穿着漆皮靴子，至于其他方面，你倒没有多大的变化。”

然后我紧接着他说了一句：“有时候，梦境会变成现实的。”

似乎这一句“有时候”让这个男人彻底崩溃。最后，他真的生气了，“砰”的一声把门撞上就走，我们都能听到他一步并四步走的下楼声，一点都不夸张。终于有一天，这颗善良的心不愿意再把房子继续租给我们了。事实上，这里也没什么，他心里也盘算过自己是不是再让其他的艺人住进来，有相邻的厨房，楼层也是一样，这样做会不会依然很糟糕。

可是，我们这种极端的方法最终变得无趣起来。房东已经习惯了我们说他死啊死的。安塔克出主意说这样可以完成沃兹风格的三幅画，分别是“死亡”、“埋葬”、“重生”，而我们的房东当之无愧能成为画中的主人翁。

这种殉葬主题的绘画是安塔克的一种特殊爱好，就像他自己说的那样，要画遍“大、中、小号的尸体”。当然，这就是为什么没有人愿意买他画的原因，但是，除了画作主题的因素之外，他还是很有天赋的。他已经向巴黎沙龙送去了两幅“尸体”的画作，我也把自己的《温斯杜拉河岸上的犹太人》送了过去，而在沙龙的总目录上却被命名为“巴比伦河岸上的犹太人”，我们俩都焦虑地等待着“评审”们的决定，等得都快失去耐心了。

当然，安塔克已经预料到可能会发生最糟糕的事，那就是这些“评审”们可能是由一群完美的艺术白痴组成的，就算不是由白痴组成的，而我自己本身就是个白痴，他也是个白痴，我们的画作也傻里傻气的，那么我们即便得到奖，那也会是白到了极点！

在同住在一间画室的两年中，那只捣蛋鬼让我费了多少的心啊，我连数都数不清了。

安塔克的全部追求就是能够让“尸体”画作得到大家的认同。和同行们在一起的时候，他经常像个酒鬼一样，可事实上他并不是这样。他会给自己倒两到三小玻璃杯的伏特加，然后转身看看我们是否在看他，如果不确定我们是不是在看他，他就会用手肘拐一下我们中的谁，然后皱着眉悄悄地说：

“瞧瞧我变得多么堕落啊，太堕落了！怎么可能变成这样？”

我们回答说他就是个傻瓜，然后他就生了很大的气，除了诋毁他自认为的道德堕落，没有什么能让我们这样地黑色幽默他。但是，他真是一个善良到骨子里的家伙。

有一次，我和他在索兹坎莫格特山脉附近迷路了。而眼看天就要黑了，这让我们很容易就在山里挂掉。

“听着，”安塔克对我说，“你比我在绘画方面更在行儿，要是就这么挂了的话会更可惜。我自己继续往前走吧。如果发现我回不来了，你就在这儿待到天亮，明天天一亮你再设法自救。”

“你别往前走了，让我去，因为我眼神儿更好些。”

“如果今天我没在这里挂掉，”安塔克说，“也渡不过运河的——这对我来说都一样。”

于是，我们开始争吵起来。这个时候，四周已经慢慢变得像地窖一样黑了。在最后的最后，我们还是决定一起冒险往前走，小心翼翼地向前走着每一步。

起初，我们的视野还算宽阔，但是越往前就越变得窄了起来。在我们目光所及的地方，左右两侧都是深不可测的悬崖。

山脊变得越来越窄了，而且，夜风吹松了地上的石头，一块块的石头从我们的脚下往下滑。

“手和膝盖触地跪着往前爬吧，这样的话身体就保持平衡了！”安塔克说。

于是，为了让身体不再走偏，我们手脚并用地向前爬着，就像两只黑猩猩。

但是不久，我们就发现，这样做也是于事无补的。悬崖壁变得像马背一样狭窄。安塔克骑跨着山脊匍匐前进，我也一样，身上的衣服都被磨得不像样子。过了一段时间，我听到同伴的声音：

“瓦拉迪克？”

“什么？”

“前面没有路了。”

“再往前是什么？”

“一片空旷，一定是悬崖了。”

“捡块石头丢过去，听听多久会有回音。”

黑暗中，我听到安塔克摸了一块岩石的碎片。

“我要扔了，”他说，“听着。”

我全神贯注地听。

安静!

“听到什么吗？”

“没有！”

“我们已经走到尽头了！前面这悬崖一定会有一百英寻[①]那么深。”

“再丢一块石头试试。”

安塔克摸了一块更大点的，扔了过去。

没有声音！

“这是什么意思，深得没有底儿，还是什么？”安塔克问。

“很难说！我们就在这儿坐到明天天亮吧。”

我们就这样坐了下来。安塔克又丢了两三块石头，都是没有什么声响。就这样过去了一小时，最后我听到朋友的声音：

“瓦拉迪克，别睡觉，你有烟吗？”

我是有烟，但是火柴已经用光了。绝望！时间过得如此的慢。恰巧天上还下起了雨。我们四周黑暗得深不可测。我敢说，那些住在城里或者乡下的人一定不能想象到安静是什么样子，就像现在我们四周所围绕的这种安静，静悦双耳。我几乎都能听到血管里流动的血液声，听到自己的心跳声。起初，这样的姿势让我感到有趣。我们在宁静的午夜坐在悬崖壁上，就像骑在马背上的姿势，前面就是无底的深渊。但是不一会儿，空气变得冰冷起来，为了衬托这样的情境，安塔克开始从哲学的角度分析起来：

“什么是生活？生活就是个废物。人们谈论艺术！艺术！我和艺术能——艺术纯粹就是自然的闹剧，还有点卑劣。我已经参观过两次沙龙了。画家们往里面送去了很多的画作，希望有朝一日能有自己的一席

① 1英寻=1.8288米。

之地。

“但是，这些绘画作品都是些什么？卑微地迎合店主老板的口味，为了金钱，或者是为了填饱肚子才画画。这种艺术就是一团糟，连狗屁都不是！如果这是艺术，我宁愿艺术已经废了，幸运的是，这世上并不存在真正的艺术——只有大自然。也许，大自然也是卑劣的。最好的方式就是从这儿跳下去，然后一切就会瞬间结束了。要是手上有伏特加的话，我会这么干的，但是现在手上没有，所以我也跳不下去，因为我曾经发过誓，自己一定不要清醒着死去。”

我早就习惯安塔克的喋喋不休了，但是，在那个寂静而又混乱的夜晚，那个寒冷而又漆黑的夜晚，我们待在悬崖边上，他的话让我感到更加的沮丧。幸运的是，他的话说完了，停了下来，向远处丢了几块石头，然后又做了几次这个动作，一句话也没有。之后的三个小时里，我们就一直这样保持沉默。

在我看来，黎明似乎还早。突然之间，我们听到一声鸣叫，还有翅膀飞过的声音。

四周仍然很黑，我什么都看不见。但是，我确定那是鹰在悬崖的上空盘旋。黑暗中强有力的臂膀发出重叠着的“咔啦！咔啦！”的声音。能听到这种真切的声音真是太令我惊讶了，就好像整个鹰群都在飞过一样。这预示着天估计快要亮了。

过了一会儿，我能看到自己的手抓着岩石边，而安塔克的肩膀也在我的面前显出轮廓，就好像一个漆黑的物体待在一块不怎么黑的地面上，而地面的颜色在时时刻刻地变淡薄起来。接着，一缕饱满的，散发着银白色的光带照耀在岩石上，也映在安塔克的肩膀上。这缕光线一点一点地填满了黑暗，就好像某个人在黑暗中浇注了一股银色的液体，慢慢地充盈着，与黑暗混合着，使它从漆黑变得莹白，呈现出珍珠般的色彩。四周仍然有些潮，不仅悬崖地面是这样，就连悬崖上的空气似乎也散发着湿气。

现在，越来越多的光线照耀了过来。我目不睛地注视着，试着将每一缕色彩的变化都印刻在我的脑中，并且已经开始在心中默默描画。就在这个时候，安塔克的一声叫喊突然打断了我的思绪。

“该死的！真是愚蠢！”

然后他的肩膀在我的眼前消失。

“安塔克！”我大声地喊他，“你在干什么？”

“别喊！快看这儿！”

我弯着腰向他的视线望去，啊，那是什么？我们正坐着的悬崖斜坡下面是一片草地，大概有一码半那么大。泥沼淹没了石头，草地非常的平坦。远处依稀可看到一条道路，路的上空有鹰在盘旋嗥叫。为了让回家的路途轻松愉快，现在的我们很有必要让双腿从岩石上解放出来了。

现在，我已经坐在一块岩石上，经过一个寒冷严酷的黑夜，我们的牙齿正在忍不住地打战。

不知道为什么，一个片段跳入我的脑海，那是一年半以前的时候，我和安塔克一起待在画室里等待房东的到来，那场景似乎就像是昨天刚刚发生过一样。片刻的回忆给我带来极大的安慰，所以我立刻脱口而出：

“还记得吗，安塔克，我们昨天晚上坐在悬崖边上的时候是怎么想象自己的处境的？而事实证明，一条平坦的大道正在我们的眼前。也许，今天跟昨天仍然一样，你知道的，我们穷得就像教堂里的老鼠，房东也想把我们赶出画室，但同时，一切又都不一样了。就让荣誉和财富的闸口向我们大大地敞开吧。”

那个时候，安塔克还坐在他的稻草床上，正在穿着靴子，嘴里不住地嘟囔着抱怨生活就是日复一日地穿靴和脱靴，那种生活真是有理由让一个人赶快吊死自己，但是安塔克至今也没这么做，不仅仅是因为他是一个超级的笨蛋，还是一个大无畏的人。

我富有乐观主义的情感抒发打断了他的沉思，所以他抬起暗淡无光的眼神对我说：

“你是有比其他人更值得高兴的事。几天前索斯洛夫斯基把你从他的家里赶出来，连带着也把你从他女儿的心里赶了出来，现在，连房东都把你从画室里赶走了。”

唉！安塔克说的是实话。三天前我还是卡泽娅·索斯洛夫斯基的未婚夫，但是星期二的早晨——没错，就是星期二，我收到了他父亲的来信：

> 亲爱的先生——由于我们做父母的劝阻，我的女儿做出让步了，她同意解除这个可能会带来不幸的婚约。她一直都会在母亲的怀抱中和父亲的臂膀下得到庇护。但是，写这封信是我们做父母的主意，为了避免以后窘境的发生。解除婚约并不仅仅是你物质条件的原因，还有你轻浮的个性，而这一点，无论你做出怎样的努力，都不能掩饰了，你任何话语也不能挽回我们和女儿同你解除婚约的决心。但是，这不会改变我们对你今后生活的美好祝福。
>
> 尊敬的，
>
> 西烈多·索斯洛夫斯基

这就是那封信的内容。大部分的内容我还是同意的，如果不是物质条件的问题我也会搞双狗皮靴子穿穿，但是那个老家伙怎么会知道我的个性如何，这一点真让人没法理解。

卡泽娅的时髦发型映入我的脑海，如果她能够把头发梳一梳会更好，不是梳成当今的款式，而是过去时代的。我曾经甚至恳求她这样做，但都是徒劳，因为她对这种东西没有任何的审美感知。但是，她拥有温暖的肤色，就像福特尼画中人物的那样。

恰恰因为这个原因，我深深地爱着她。在收到这封信后的第二天，我像中毒一般地四处徘徊。只有到了第三天晚上的时候，我才感觉好了一点，于是对自己说："如果她不是那个人，那就算了吧。"

这种想法使我在承受打击中得到巨大的安慰，我让自己的头脑中塞满了沙龙和我的"犹太人"画作，借此转移注意力。我相信自己的作品是优秀的，虽然安塔克预言这幅画会被丢出去，不仅是丢出沙龙，而且是丢到大门口之外。一年前，我是这样开始作画的：那是一个夜晚，我独自在维斯瓦河边散步。四处地看着，发现一篮子苹果掉进了河里，流浪儿开始从河水里捞苹果，而岸边坐着犹太人的一家，表情绝望得连悲伤的力气都没有了，他们相互握着对方的手，像雕塑一般呆坐着望向河里。画面中有一位老犹太人、一位族长、一位可怜的病人、一位老犹太妇人、一位年轻的犹太人，还有一位脸上稍微长着雀斑的少女，鼻子和嘴唇有着鲜明的轮廓特征，最后是两个小犹太人。黎明即将来临，河水不可思议地反射出青铜色的光彩。撒克逊岛上的树木矗立在暮色中，岛屿的远处就是河水，广阔的水面向四周延伸，紫色的色调越过水面，变得冷酷起来，然后再一次变成紫色和紫罗兰色。这幅图画的视角太棒了！色调的过渡是如此的微妙和精彩，画中人物仿佛活了起来，萦绕出一种沉静的氛围。忧郁的感觉无处不在，让人想要哭泣，肃穆哀伤。每个坐在那里的人都好像是在画室中摆好了姿势一样。

顷刻间，一个念头闪入我的脑海：这就是我的画作！

我的身上带着画夹和调色板，作为一个画家，我在散步的时候从未少过它们。然后开始对着场景进行素描，于是我对那些犹太人说：

“就这样坐着，不要动！——画完每人给一枚卢布。”

我的犹太人被击中要害，眼神闪烁了一下，然后就那样按要求坐着。我不停地画，流浪儿已经从河水中爬了出来，不一会儿就听见背后有人冲我喊：

“画家！画家！要是一个人偷了东西，他会说是自己捡到的。”

我用他们的行话回了过去，这一下就赢了他们。他们甚至不再向犹太人丢东西了，这样就不会干扰到我的作画。但是，作为补偿，我的画中人物们出乎意料地配合起来。

“犹太人，”我喊，“显得悲伤一些。”但是那位老妇人回答说：

“遵命，艺术家，但是一想到你承诺给我们每人一枚卢布，我们怎么能够悲伤得起来呢？还是让那些得不到好处的人悲伤去吧。”

于是我不得不威胁他们我不会给钱了。

我花了两个晚上，然后他们在画室中为我当了两个月的模特。安塔克说这幅画令他感到满意的几方面在于，画面的布置非常好，因为画中没有一处是孤独冷漠的，这幅画出自完全真实的生活，生动而自然。我甚至在年轻的犹太人脸上留下了几颗雀斑，这样的脸庞会显得更加漂亮，但不会显得更真实，更具个性了。

我对这幅画作是如此的用心，以至于很容易就忘记了失去卡泽娅的伤痛。当安塔克使我又想起她的时候，她的形象似乎已经是很久远之前的事了。这个时候，我的伙伴又穿上他另外一只靴子，而我，正在热一杯萨莫瓦尔茶。老安东尼亚端着糕点走了进来，安塔克在一年当中一直在劝说这个女人赶紧去吊死自己，但都徒劳无用。这时候，我们坐下来开始喝茶。

“为什么你这么高兴？”安塔克急匆匆地问。

“因为我知道你今天会看到一些不同寻常的乐趣的事。”

这时，我听见一阵脚步声正在逐渐靠近画室。

“你的房东！这就是你的‘不同寻常！’

这样说着话，安塔克一口吞下热茶，烫得他眼泪都要流下来了。他立刻跳了起来，由于我们的小厨房是在走廊那里，所以他藏在画室的服饰后面，然后气喘呈呈地大喊：

“你！房东他最是爱你了，你去跟他说吧。”

“他巴不得见到的是你呢！”我回答着，然后飞奔到服饰那边，“还是你去跟他说吧！”

这个时候，门开了，猜猜是谁走了进来？进来的不是房东，而是索斯洛夫斯基家的看门人。

我们立刻从服饰的后面冲了出来。

“我有一封信带给你。”看门人说。

我接过那封信。我的天哪！竟然是卡泽娅写给我的！我撕开信封，然后看到下面的话：

我敢肯定，我的父母会原谅我们的。立刻过来，不要再想之前的事。我们刚从花园里的湖边回来。

卡泽娅

我不知道她的父母是不是真的原谅了我，而且我也没有时间去考虑这个问题，因为我吃惊得头都晕了。过了好大一会儿我才把信交给安塔克看，然后对守门人说：

“朋友，告诉你家小姐我马上就去——等等，我身上没零钱，这是三卢布（我的全部财产），去换个零钱，你自己拿走一卢布，剩下的两卢布拿回来给我。”

说到这儿插一句，这个讨厌鬼拿走了三卢布，然后就没再出现。他知道我不会在索斯洛夫斯基一家面前嚼舌头的，于是就可恶地利用了这一点。可当时我都没有注意到这一点。

“好吧，安塔克，怎么了？”我问。

“什么事都没有！萝卜、白菜各有所爱。”

匆匆忙忙地穿着衣服让我无暇找到一个合适的回答来反击安塔克的揶揄。

第二章

一刻钟以后，我站在索斯洛夫斯基家门口按门铃。卡泽娅自己打开了门。她长得十分清秀，还带着睡梦中醒来的温暖体温。还有早晨花园里清新的气味，从她淡蓝色棉布长袍的衣褶中散发出来。她的帽子刚刚摘了下来，弄得头发有点微乱。她一直笑着，眼睛和湿润的嘴唇都饱含笑意——她就是这么喜欢清晨。我握住她的手，轻轻吻着，然后从手臂一直吻到肘部。她靠近我的耳朵轻声问：

“咱们谁更爱谁呢？”

她拉着我的手，把我带到她父母的面前。老索斯洛夫斯基此刻的样子就像是个为了祖国而牺牲自己孩子生命的罗马人，母亲也在流眼泪，泪水掉进了咖啡杯里，因为他们正在喝咖啡。在看到我们的时候，两位都站了起来，作为父亲的老索斯洛夫斯基说：

“理智和责任让我必须说不！但是心有它自己的选择权利——如果这是个弱点，就让上帝审判我吧！”

他仰起头看向屋顶等待着答案，就好像天堂的审判庭此刻正在写着关于他的判决书一样。我这一辈子从没看到过比这更罗马式的，除了卡斯罗售卖的通心粉。这一刻是如此地令我印象深刻，即便是呆头呆脑的河马都会有感而发。这种悲伤肃穆的气氛由于潘妮·索斯洛夫斯基的话语而变得更加凝重了，只见她的双手合十，泪眼婆娑地哽咽着说：

“我的孩子，要是你在以后的生活中遇到了任何的麻烦，记得回家——回家！”

在说这些话语的时候，她手捂着自己的胸膛。

她不会愚弄我的！我根本不会在这儿得到任何的保护！但如果卡泽娅给我提供了一处相同的庇护所，那事情就会完全不一样了。所以我一直在吃惊于索斯洛夫斯基一家人的正直和善良，我的内心充满了感激之情。在喝了好多杯咖啡之后，我的心情才稍稍平复，而索斯洛夫斯基一家也开始频频哀怨地瞥着咖啡壶和奶油球。

卡泽娅不断地给我续杯，我试着偷偷地在桌下碰碰她的脚，示意不要再续杯了。但是她总是撤回自己的脚，同时摇摇头，恶作剧般地笑着，我真是不知道该如何才能逃脱这个局面。

坐了将近一个半小时的样子，最后我必须要走了，因为布巴斯还在画室等着我——布巴斯是在我那里学画的一个人，他每次都会给我留张纸币，上面压个徽章，但是我通常都会把这些钱弄丢。卡泽娅和她的母亲领着我走向门口，我其实很讨厌这样，因为我想让卡泽娅一个人送我。瞧瞧她的笨嘴啊！

我回去的路会穿过市中心的公园。那里到处都是人。在路上的时候，我发现所有的人都站住对着我看。我听到窃窃细语声“玛格瑞斯基！玛格瑞斯基！就是他——”穿着合身棉布裙子、身材妖娆的小姐们向我投来一瞥，好像在说“来吧！住处已经安排好了！”见什么鬼了，难道我有这么出名吗，还是其他什么？真是搞不懂。

我继续向前走——一路都是这样。在画室的大门口，我碰见了房东，他倚在那里就像一艘靠着岩石的船。哦，又是房租！

但是，房东走近我对我说：

“我亲爱的先生，虽然我有时会打扰到你，但是相信我，我是这么的——请允许我简单的——”

说着他搂着我的脖子拥抱。哈！我知道，安塔克一定是告诉他我快要结婚了，而且他觉得我以后一定会按时交房租。就让他这么想吧。

我冲上楼。半道听到我们住的地方传来一声噪声。我冲了进去。画室里黑漆漆的而且烟雾缭绕。我看到尤莱克·瑞星斯基、瓦赫·伯特克维奇、弗兰尼克·塔斯科维斯基、老斯鲁蒂特斯基、卡弥尼斯基、沃塔克·米赫莱克——他们正在拿布巴斯逗乐。在看到我的时候，他们就放开了他了，布巴斯嘘声嘘气地躺在画室地板的中央，随后，人群中发出了一阵骚动。

“我们是来祝贺你的！祝贺你啊！祝贺你啊！”

“快把布巴斯扶起来！”

一时间我已经被他们搂住，推搡了好大一会儿，他们欢呼着，简直就像是一群野狼。最后，我发现自己倒在地板上。我尽我所能地感谢他们，声称他们一定会被邀请参加我的婚礼，特别是安塔克，他已经被我提前约定当男傧了。

安塔克举起手说道：

“那个傻子还以为我们在庆祝他的订婚。”

“可是，你们庆祝我什么呢？”

“庆祝什么，难道你不知道？”一个声音问道。

“我什么都不知道，到底是怎么回事？”

“把《风筝》早刊给他”，一个声音叠着另外一个声音地冲我喊，“看‘电讯’版面！”

我找到“电讯”版，然后看到下面的话：

“《风筝》特别电讯，玛格瑞斯基的画作‘巴比伦河岸边的犹太人’获得了本年度的沙龙金奖。评论家们甚至无法用语言来描述这幅作品的极度真实感。艾伯特·沃夫把这幅画称为心灵启示录。赫希男爵愿用一万五千法郎来购买这幅画。”

我要晕过去了！快救我！我已经完全蒙了，一个字也说不出来。我知道自己的画是挺棒的，但是这样棒的程度从来没想过。《风筝》从我的手中落到了地上。他们捡了起来，然后向我朗读着“电讯”版中的记录：

“一、我们已经从艺术家的口中得知，他将会展出这幅画作。

“二、回答由美术协会副会长提出的问题，是否想要在华沙展览自己的作品，艺术家回答：‘比起在华沙进行展览，我更不愿意在巴黎把它卖掉。’希望这些话能够被我们的后辈在追忆艺术家的时候看到。

“三、艺术家的母亲在收到巴黎的电讯时，激动得病倒了。

“四、我们得知，在本刊即将要出版的时候，艺术家母亲的身体有所好转了。

“五、艺术家收到邀请，其画作可以在欧洲各国首都进行展览。”

在这种胡扯的冲击下，我的意识稍微恢复点了。作为《风筝》的主编，同时也是卡泽娅的前未婚夫，奥斯崔尼斯基一定会疯掉的，因为这已经超出了他所有的预料。我会在华沙举办展览是情理中的事，但是，第一，我没有向任何人透露过这一点；第二，美术协会的副会长没有问过我任何事；第三，我没有给他答复；第四，我母亲在九年前就去世了；第五，我还没有收到任何邀请来展览自己的画作。

更糟糕的是，一个念头突然跳进我的脑中，如果电讯和这五条记录都是真的，那一切就都玩完了。尽管卡泽娅的父母比较看好奥斯崔尼斯基，但是半年前他收到了卡泽娅的拒绝信。是他希望有意地愚弄一下我。如果这是真的，那么“他得对我奉陪到底了”，就像是某个歌剧的台词里说的那样。尽管如此，同行儿的话安慰了我，他们说奥斯崔尼斯基有可能伪造了留言，但电讯一定是真的。

这个时候，斯坦赫·克罗索维奇拿着一份《信使》早刊走了进来。电讯也在《信使》上印了出来。这下我又能呼吸了。

现在开始仔仔细细地向我祝贺了。老斯鲁蒂特斯基，一个彻头彻尾的虚伪的人，礼节性地冲我笑得像掉进蜜罐一样甜，摇着我的手说：

“我挚爱的上帝！我总是相信这个同行儿是有天赋的，而且我总是护着他（我知道他过去总叫我蠢蛋）；但是——我挚爱的上帝，可能我的这个天才同行儿并不希望和我做同行儿，但是就让他看开点，原谅我这张嘴吧。我挚爱的上帝！”

我心里真是希望他能立刻去死，但是嘴上却不能这么说，因为那个时候卡弥尼斯基把我拉到一旁，小声地对我说话，但是所有人还是能听到他说:

“可能你现在手头需要钱，如果确实这样，只要一句话，那么——”

大家都知道卡弥尼斯基有个热心肠。他不止一次地对我们说过：“如果我的同行儿需要帮助，只要他说一句话，那么——直到我们再见着面！”没错，他是真有钱。我回答说要是自己有难处，会去找他的。这个时候，剩下的人也走了上来，又是一阵推推搡搡，弄得我半边胳膊都疼了。最终，安塔克出现了，我看见他被推了一下，但是他很快地掩饰了一下自己的情绪，然后含糊地说：

“虽然你正要变成一个犹太人，就像我看到的那样，但是我还是要祝贺你！”

“虽然你正要变成一个傻瓜，就像我看到的那样，但是我还是要谢谢你。”然后我们用力地拥抱对方。这时，伯特克维奇提醒说他的喉咙很干，可我兜里一分钱都没有，而安塔克有两枚卢布，其他人也差不多这个数。大家凑了凑就去买酒喝。他们一次次地举杯祝我身体健康，这让我喝吐了，但是因为我告诉他们，我与索斯洛夫斯基之间的事情已经解决了，他们又开始为了卡泽娅而为我干杯。这时候，安塔克走到我身边说道：

“好好想想吧，幼稚的傻瓜，难道你认为在那位年轻的小姐给你写信的时候他们还没看到电讯吗？”

哦，这个捣蛋的家伙！要是我能够在他的头上来这么一下子该多高兴。一方面，我的前途日渐光明，另一方面，撒旦仍然想把我弄得暗淡无光。索斯洛夫斯基可以对我抱有任何的希望，但是卡泽娅应该有能力对我有个正确的估量！

很有可能他们在早晨的时候就读到这封电讯，然后就立刻让我赶去她家了。这是我第一次想立刻飞到索斯洛夫斯基家，然后站在他们面前。但是我不能离开自己的同行儿们。这个时候，奥斯崔尼斯基来了，带着优雅、冷酷和自负的样子，并且像往常一样戴着手套。他从里到外透着一股机灵劲，就像火焰里的一股生动的火苗，整个一个贵公子的模样。从刚进门的时候他就开始保护性地挥动自己的手杖，然后说：

“祝贺你了艺术家，我也向你祝贺。”

他着重发了“我”这个音，好像他对我的祝贺比其他人来得意味更多一样。也可能确实是这样。

“你到底虚构了多少内容啊！”我喊道，“就好像你真的看到我一样，我从《风筝》上才真正地认识了自己。”

“那跟我有什么关系？”奥斯崔尼斯基说道。

“我一点都没提画展的事。”

“但是你现在提了。”他冷静地回答我说。

“而且他没有母亲，所以他母亲的身体不会每况愈下！”沃塔克·米赫莱克喊道。

“那也跟我没关系。”奥斯崔尼斯基又说道，还摆出高贵的姿态脱下他的第二只手套。

“但是，这封电讯是真的吗？”

“是真的。”

这种肯定让我全身上下都平静了下来。开玩笑似的挥了他一拳表示感谢。他的嘴唇碰着玻璃杯的边缘，喝了一口，然后说：

“首先为了你的健康而干杯，然后，这第二杯你该知道是为了谁。我双倍地向你祝贺。”

“你是从哪儿得到消息的？”

奥斯崔尼斯基耸了耸肩。“索斯洛夫斯基今早八点之前都一直在编辑室。”

安塔克开始咕哝说着这人的劣根性，我再也不能克制住自己了，一把抓起自己的帽子。奥斯崔尼斯基跟着我走了出来，但是我把他一个人丢在了大街上，过了一会儿我已经第二次在按索斯洛夫斯基家的门铃了。卡泽娅打开门，此时她的父母不在家。

“卡泽娅！”我神情严肃地问她，“你知道电讯的事吗？”

“我知道。”她镇定地回答说。

“但是，卡泽娅！”

“你打算怎么办，我亲爱的？你别疑心我的父母，他们一定也是有一定的原因才会接受你的。”

“但是你呢，卡泽娅？”

“我从一开始就抓住了机会，别生我的气，好吗，瓦拉迪克？”

现在问题已经很清楚了，对于我来说，卡泽娅做得非常正确。坦白地说，为什么我要像个疯子一样冲到这里？卡泽娅走上来，把头靠在我的肩膀上。我用手臂环住她的腰，她把脸埋在我的臂弯，闭上眼，然后抬起她玫瑰般的嘴唇轻声地说：

“不，不，瓦拉迪克！现在不行——只有等到结婚以后才能，我求你了。”

考虑到她的恳求，我亲吻着她的嘴唇，然后一直保持着这个姿势直到两人都要窒息才放开。卡泽娅含情脉脉地看着我，然后用胳膊遮住眼睛，对我说：

“但是，我求你不要这样——”

她的娇嗔和眼神融化了我，让我又一次忍不住亲吻了她的嘴唇。当你爱上某个人的时候，一定会很自然地就有一种亲吻对方的渴望。此刻的我，想用尽心智地深爱着卡泽娅直到死亡！只是她，其他人都不行，就是这样了！

卡泽娅急喘着表达着她的惧怕，害怕由此就丧失了我对她的尊重。我最亲爱的小东西啊，她在嘟囔些什么啊！我尽量地安抚她，然后开始恢复理智的对话。

我们两人之间达成了一致，如果她的父母假装是在我来她家之后才得到电讯的消息，那么我也会陪着他们演这场戏。后来，我向卡泽娅道别，并且保证晚上的时候再过来。

事实上，我现在必须去“促进艺术社团”那里，因为透过它我可以更容易同沙龙的秘书沟通。

第三章

我发了一封电讯，以接受赫希男爵的价格为开头，但是规定，首先在华沙举办画展，等等。为了发电讯和其他的需要，我向协会借了些钱。对方毫不犹豫地借给我了。似乎每件事都是这样的顺风顺水。

《风筝》和《信使》上都出现了我的个人简介，尽管如此，这并不是一个处处充满实话的世界，但是就像奥斯崔尼斯基说的那样，“那怎么能跟我有关系呢？”我也收到了来自两家插画刊物的请求，他们希望能够发表我的半身雕像，并重新出版我的画作。我让他们这样做了，钱财会像洪水一般源源不断地流进我的口袋。

第四章

一个星期之后，我从赫希男爵那儿收到了一笔丰厚的预付款。剩下的钱需要他在得到画之后才能支付。同时，商业银行为我开具了一个五千法郎的户头。我这一辈子也没见过这么多钱。回到家的时候，我像个骡子一样躺倒在床上。

画室里正在打包。我往地上丢了一枚硬币，之前我从未沉湎于金钱，而现在我开始迷恋它了。在我之后，安塔克也沉湎于其中。房东走了进来，觉得我们俩已经玩得没有理智了，没错，此刻我们俩就像食人兽一样疯玩疯闹着。

第五章

一天，奥斯崔尼斯基告诉我说他感到很高兴，因为大好的前途就在他的眼前，而我对此想都不敢想。

我对此感到很高兴，或者说，这对我来说都一样。同时，我也相信奥斯崔尼斯基会在今后的生活中把自己照顾好的。当他追卡泽娅的时候，她父母是站在他这一边的，特别是老索斯洛夫斯基，奥斯崔尼斯基完全征服了他，都达到了在这个求婚者的面前无法保持罗马人坚定神情的地步。但是，卡泽娅在第一次跟他见面的时候就没法忍受他了。这是一种莫名的反感，对于其他事情来说，我能够百分百地确信他在言语上没有像得罪我一样冒犯卡泽娅，而且我彻头彻尾地了解他的个性。他是一个非常棒的男人，或者说是一个非常会写专栏的男人。当然，并不是仅仅在我们这些人中这样说，在所有更高级的文学艺术圈子里，只要你想到了，随意地问问那些人，他们的答案都是一定的。赞赏的声誉一定是属于我这位朋友的《风筝》刊物。谁能够相信奥斯崔尼斯基这个人的重要意义以及他的精神地位的奥秘竟然是他不喜好也不崇拜天才——特别是文学天才——他只是在漠视中活着。

人们可以在文学艺术会议上见到他，在五十年节晚餐上见到他，带着谦逊的嘲讽面对着那些比他强大数十倍的才思敏捷的人物。他利用自己的魔鬼般的逻辑和判断，把对方逼到无处可逃，把他们评论得体无完肤！他利用自己在文学界的重要地位，把他们打击得一蹶不振！

无论什么时候，安塔克一想到这一点，他就叫嚣着要抽出板条去砸奥斯崔尼斯基的脑袋。那些真正的天才经常是笨拙的、胆小的、缺乏敏捷度和内心的平衡感。只有当真正的天才独处的时候，他的翅膀才能从肩上慢慢地长出，处于这个位置的奥斯崔尼斯基现在只能做的就是静静地待着，因为他已经完全没有什么要说的了。

未来的生活有序地展开，排等级，给每个人安排他们在报纸上的位置。奥斯崔尼斯基已经对此烂熟于心，但是他的内心中是嘲笑这一切的。因为对于他来说，他对自己现在所体现出来的重要性已经厌倦了，人们对于他的关注已经大大多于那些比他强的人。

我们这些画家为他考虑得很少。有时他依然为天才作家做宣传，但是只有在出于对《风筝》的热爱以及跟《信使》对着干的时候才会这样做。至于其他，他是一个很好的伙伴，是一个随和的人。我敢说我很喜欢这个人，但是——真见鬼！我们已经说了太多的奥斯崔尼斯基了。

第六章

总有一天我会让他们吃个闭门羹。

真是可笑啊！自从我赢得了荣誉也赚到了钱，索斯洛夫斯基就只剩下轻蔑地对待我了，他的妻子，卡泽娅所有的亲戚，不论男女，都待我很冷淡。

在第一个晚上的时候，索斯洛夫斯基宣布，如果我以为自己的新地位能够影响到他们的生活方式，或者我认为自己正在给他们带来恩惠，那么我就错了。虽然已经做好了牺牲孩子幸福的心理准备，但是即便是那唯一的孩子也不能让他们牺牲自己的尊严。她的母亲补充说，如果需要的话，她的孩子会知道哪里才是她的避风港。善良的卡泽娅总是非常愤怒地维护着我，但是他们铆足了劲等着我的每一句话。

当索斯洛夫斯基紧咬着自己的嘴唇，看着他的妻子点点头，好像在说“我知道就会这样”的时候，我几乎不开口说话。他们从早到晚地都用这种眼神盯着我。

一想到所有这些都是虚伪的假象，唯一的目的就是把我困在他们编织的网中，这就是我在得到一万五千法郎之后的问题的本质，他们像我一样对此感到焦虑，即便我们焦虑的动机是大不相同的。

是时候该结束了。

他们让我觉得自己好像在为了得到金奖还有那一万五千法郎在做什么龌龊的勾当一样。

第七章

我订婚的日子日益临近了。我买了一枚路易十五款式的漂亮戒指，但这并没有使索斯洛夫斯基一家感到高兴，甚至卡泽娅也不喜欢，因为在这一家人中，没有谁具有真正的艺术眼光。

我必须细心地教导卡泽娅，打破她低俗的审美观，让她体会真正的艺术，因为她爱着我，所以我的内心对她一直充满着希望。

在订婚仪式上，除了安塔克，我谁都没请。我希望他先去拜访一下索斯洛夫斯基一家，但是他说，虽然他从物质上和精神上都已经破产了，但是他还没有堕落到要去拜访谁。这一点帮助都没有！我已经提前告知索斯洛夫斯基一家了，我的这位朋友很独特，他是一位天才的画家，也是世界上最善良的人。

在得知我的朋友画的是“尸体”的时候，索斯洛夫斯基扬了扬眉毛，告诉我说，从开始到现在他一直都跟体面的人接触，他的整个官方事业都是清廉的，他希望我的朋友能够尊重这个家里高贵和端庄得体的氛围。

坦白说，我一直都为安塔克的行为而提心吊胆，从早晨开始我就跟他干仗。他坚持要穿内搭裤，我就一直劝着、恳求着、祈求着他。

最后他妥协了，说他不能让人觉得自己是个傻瓜。可惜的是他的鞋总令人想起非洲大陆的开荒者，因为自从这双鞋从鞋店老板那儿赊回来之后，就一直没有上过鞋油！

还有更糟糕的事，那就是安塔克的头看起来就像是客尔巴阡山的山头，上面覆盖着茂盛的森林，然后被狂风吹得东倒西歪。我必须忍受这一点，因为世上没有哪把梳子能够把他的前额头发理顺，但是我强迫他穿上长礼服，换掉他每天都穿的宽松大衣。他确实这么做了，但是效果很像是他画中的一具尸体，有一种阴森森的幽默感。

走在街上，人们扭头看着他长着结疤的手杖，还有他巨大的破帽子，但是我已经习惯这一切了。

我们按了门铃，然后走了进去。

在前厅，库辛·雅克维奇的声音传了出来，他正在谈论人口过剩的问题。库辛·雅克维奇总是谈论人口过剩的问题，这是他的毛病。穿着棉布衣服的卡泽娅就像一朵美丽的云彩。索斯洛夫斯基穿着西装，亲戚们也都穿着西装，而年纪稍长的阿姨们就穿着丝质的长裙。

安塔克的出现太令人瞩目了。人们用一种不安的眼神看着他。他沮丧地看了一圈，然后告诉索斯洛夫斯基“要不是瓦拉迪克要结婚了，或者是类似的情况”，他是不必过来的。

这一句“类似的情况”真是要命。索斯洛夫斯基高贵地绷直了自己的身体，然后询问他什么是“类似的情况”。安塔克回答说这一切对于他来说都一样，但是“为了瓦拉迪克”，他甚至可以砍掉自己的后脚跟，特别是如果他知道潘妮·索斯洛夫斯基特别在意这句话的话。我未来的岳父带着纠结的眼神看了看自己的妻子，然后看了看我，还有卡泽娅。

很高兴的是我保住了面子，镇定自若地恳求我未来的岳父领着我去见我素未谋面过的家庭成员。

在相互介绍过后，我们坐了下来。卡泽娅坐在我的身边，她的手轻轻地搭在我的手上。屋子里满都是人，但是所有人都是拘谨而又安静的。气氛很是凝固。

库辛·雅克维奇又开始了他的人口过剩论。我的安塔克低着头盯着桌子下面。在沉默中，雅克维奇不断升高的嗓音真是尖锐刺耳，他的门牙掉了，所以当他发sz的音时，都会忍不住跑风。

“最致命的灾难要从欧洲大陆上开始了。”雅克维奇说。

“移民吧。”边上的一个人说道。

“统计显示，移民不能阻止人口过剩。”

突然间，安塔克抬起头，转了转他那失神的眼睛看向说话的人。“那么我们应该引进中国风俗。”他低声沮丧地说道。

“请允许我问一句，什么是中国风俗？”

“在中国，父母有权利闷死那些弱智的孩子。所以说，对于我们，孩子应该有权利杀掉他们无能的父母。”

终于来了！屋里炸开了锅，坐在沙发上的阿姨们抱怨着，我也傻了眼，索斯洛夫斯基闭上眼睛，好长时间没有说出话来。

四处鸦雀无声。

后来，我听到未来的岳父颤抖的声音：

“我亲爱的先生，我希望，作为一位基督徒——”

“为什么我必须是一个基督徒？”安塔克打断了他的话，不爽地摇着自己的脑袋。

又是一阵骚动！

坐着沙发的阿姨们开始颤抖起来，好像发了烧一样。一切都从我眼前消失了，感觉地面生生裂出了一条缝在等着自己。所有的一切都乱了套，所有的努力都是白费了。

突然间，卡泽娅爆发出一阵笑声，洪亮得就像铃铛一样，然后雅克维奇也大笑了起来，毫无原因的，在雅克维奇之后，我也笑了，同样也笑得毫无道理。

“父亲！”卡泽娅喊道，“瓦拉迪克提醒过父亲您，苏耶塔特斯基（安塔克）是很特别的。苏耶塔特斯基在开玩笑，他有自己的母亲，我知道的，而且他是母亲最优秀的儿子。”

我的卡泽娅真是淘气，一点也不够淑女！——她不仅自己编造了这个故事，还在那儿预测。事实上，安塔克是有一位母亲，而且他确实是个好儿子。

卡泽娅的话语在一定程度上分散了大家的注意力。而门口出现的端着酒和蛋糕的侍者更加转移了大家的注意力。这个侍者就是拿走我三枚卢布的看门人，但是现在的他穿着规整的西装，带着侍者庄重的表情。他让自己的眼睛一直盯着托盘，托盘上的玻璃杯发出碰撞的砰砰声，他慢慢地向前移动着，好像是端着满水的水杯。我开始有点害怕他会不会掉在地上，幸运的是，我的担心是多余的。

过了一会儿，玻璃杯被斟满了酒。我们开始举行订婚仪式。

小侄女托着放着订婚戒指的瓷盘子。眼神好奇地四处张望，很明显，整个的订婚仪式令她很快乐，她一直在托着盘子跳舞。索斯洛夫斯基站起身来，大家都跟着站了起来，被推后的椅子也随着发出声响。

接下来一片安静。我听到其中一个主妇的低语声，她是多么希望我的戒指“但愿会好点”。尽管有窃窃的低语声，但还是有一种庄严的感觉，似乎连苍蝇都赶着从墙壁上飞落了下来听演讲。

索斯洛夫斯基开始说话：

“我的孩子们，接受父母的祝福吧。”

卡泽娅跪了下来，我也跪了下来。

此刻安塔克该是一种什么样的表情啊！我不敢看他，我看着卡泽娅的棉布长袍，在褪了色的红长椅上映出一朵漂亮的斑斓。索斯洛夫斯基和潘妮·索斯洛夫斯基的手放在我俩的手上，然后我未来的岳父说：

“我的女儿，你已经在家里接受到了作为一个妻子如何对待丈夫的最好的示范，所以，我不再教导你有关责任的事了，这些在今后你的丈夫会指导你的（我希望是这样）。但是，现在该到你了，潘·瓦拉迪斯拉夫——”

演讲开始了，在听演讲的过程中，我默默地从一数到百，在数到一百以后，我又开始从头数。公民索斯洛夫斯基、政府官员索斯洛夫斯基、父亲索斯洛夫斯基、罗马人索斯洛夫斯基，这个人终于有机会来展示他高贵庄严的灵魂了。孩子、父母、责任、未来、祝福、困难、道德等的字眼在我的耳边像马蜂一样嗡嗡直响，落在我的头顶上，刺痛我的耳朵，还有脖子和前额。

一定是我把自己的领结系得太紧了，因为它令我感到窒息。我听到潘妮·索斯洛夫斯基的哭声，这感染了我，因为我从内心里觉得她是一位很善良的妇人。我听到戒指的声响，此刻它正放在盘里被跳舞的小侄女托着。我的老天，安塔克此刻会摆出怎样的表情啊!

最后，我们站了起来。小侄女把盘子挤进我俩之间，摆在我的眼皮底下。卡泽娅和我互换了戒指。

呼！我订婚了！我想着这已经是最后的仪式了，但是还没有，索斯洛夫斯基让我去到众人那里，得到所有阿姨们的祝福。

我们就过去了。我亲吻了五只长得像鹳鸟爪子一样的手。所有的阿姨都希望我不要辜负她们对我的信心。

她们给我的是什么鬼信心啊？侄子雅克维奇紧紧地把我抱在怀里。毫无疑问，我一定是把自己的领结系得太紧了。

但是，最糟糕的时刻已经过去了。侍者把茶水端进来。我挨着卡泽娅坐下，似乎我一直没有敢看安塔克。这个捣蛋鬼，他不止一次地吓唬我，当他被问到是否要在茶水里添朗姆酒的时候，他回答说只对瓶喝朗姆酒。当然最后，整个晚宴还是非常成功地结束了。

我们走了出去。我用力呼吸着新鲜的空气。我的领结确实系得太紧了。

安塔克和我默默地走着。慢慢地，这种沉默开始让我不安，然后变得不能忍受了。我觉得自己必须同安塔克说点什么，告诉他有关我的幸福的种种，刚过去的一切完成得多么漂亮，我是多么地爱卡泽娅——

我准备了一下，但是一点用处都没有！最后，在快走到画室的时候我说：

“坦白说，安塔克，生活还是很美好的。”

安塔克犹豫了一下，皱着眉看了我一眼，然后说：

“哈巴狗！”

那天晚上我俩就没再交谈什么。

第八章

在订婚仪式的一周以后，我的“犹太人”画作开始展览了。这幅画被放在一个独立的大厅里，进门需要交纳一定的费用，一半的收益归我所有。在展览期间，可能从早到晚都有大批的人来参观。

我只看了这画一眼，但是因为人们看我多过于看画，所以我不能再去看了，为什么我会无缘无故生气呢？如果我的画作确实是一幅杰作，好像之前从未在世界上出现过，直到今天才发现的一样，那么人们会对看到“凯隆”或者是吃活鸽子的霍屯督人更感兴趣。

此刻我就是这个霍屯督人。我真该像一个哈巴狗一样感到满意，但是作为一个画家，在上流社会的这种时髦怪癖面前，我不得不被艺术的堕落而激怒。

第九章

三个星期以前还鲜有人知道我的存在，但是现在，我开始接到了数以千计的信件，很大一部分还是求爱信。我敢打赌这些信十有八九是这样开头的：“可能当你读到这封信的时候，你会瞧不起我这样的女人，等等——”我不会瞧不起女人，如果她能离我远远的话。

也许，要不是因为卡泽娅告诉我实话，我不会在这种感情涌注的时候这样地耸耸肩膀。

一个从未谋面过的男人将要回复一个无形女人的邀请，这种“未知”的希望是怎样一种感觉？这种感觉让我十分的愤慨。哦，美妙的未知啊！当我注视着你，我会对你说——哦！可于卡泽娅，我什么都不会说。

我也收到了一封匿名的信件，是从某些老人家那儿寄来的，在信中我被称作艺术家，而卡泽娅被叫作蠢鹅。

“哦，艺术家，她是你的妻子吗？”我的老人家朋友问道，“这是一个值得让他把整个世界的目光都颠覆的选择吗？你是一个阴谋的牺牲者，等等。”

奇妙的推测，还有更奇特的要求，我应该为了取悦大众才结婚，而不是为了我自己！可怜的卡泽娅已经妨碍到他们了！

肯定还有比匿名信更夸张的破事，但是没有更夸张的了——我怎么才能恰当地表达自己呢？但是，别放在心上！

我的结婚日期还没有最后确定下来，但是也不远了。这时候，我应该告诉卡泽娅把自己打扮得光鲜一点，我要陪她一起去参加展览。就让全世界都看到我们在一起吧。

安塔克的两幅关于尸体的画作也从巴黎运过来参加展览。画的名字叫作“最后一次见面”，展现的是一对年轻的男女躺在解剖台上。第一眼看到的时候就觉得作者的意图被诠释得非常清楚。很明显这对男女在生前都爱着对方，经过痛苦的分离之后，是死亡又让他们结合在了一起。

画面中向尸体弯着腰的学生们显得有些呆板，解剖室的角度有部分失误，但是这两具“尸体”画得太好了。似乎都能体会到它们所散发出的冰冷气息！这幅画没有受到关注，也许是因为它的主题太令人不愉快了，但是评论家们对它表达了赞誉。

在我们这些“画家”中，不乏天才。比如，在安塔克的画作旁边就是弗兰尼克·塔斯科维斯基的《科瑞特斯基之死》。画面中充满了巨大的能量，还有独特的个性。

安塔克管弗兰尼克叫傻瓜：第一，弗兰尼克留着头发帘，还留着楔形的胡子；第二，他的穿戴十分入时；第三，他接受过非常好的教育，非常注重礼仪，而且会频繁地提到他那出身高贵的亲戚们。但是安塔克弄错了。天才就像是一只鸟，会在他喜欢待的地方筑巢，有时候会在森林里，又有时候会在花园中。

在慕尼黑和巴黎，我已经见到过那看起来像啤酒工的画家，还有一些长得像理发师或者是花花公子，你不必给他们三枚铜板，他们中也会有这样或者那样的衣冠禽兽发自内心地得意，“这种对形式和色彩不同一般的感觉，这种有指向的力量跳脱自我跃然在画布之上！”对一切事物都有千篇一律的表扬词的奥斯崔尼斯基已经在他的《风筝》上提及这些了，“画作的精神跃然纸上”。

按照安塔克的观点，史学绘画是一种“晦涩原始的东西”。我不绘画史学主题，而且就自己而言，这个问题对我来说都一样，但是这个观点就像是个激进分子一样让我听到了无数次。人们已经对其有了看法，这让我有点感到厌烦了。

我们的波兰画家有一个弱点：大家总是变得同艺术的某种教条结合在一起，在这些教条的影响下生活，看待一切都带着教条的眼光，迫使艺术也融入其中，与其说是画家，还不如说是教徒。与上面提到的画家（与慕尼黑和巴黎有关）相反，我知道还有一些画家，他们已经磨破了嘴皮告诉大家什么是艺术，艺术应该是怎么样的，但是真要动手作画的时候，他们就傻了。

我不止一次认为，艺术理论应该是由哲学家塑造的，如果他们的塑造狗屁不通——那就让他们来解释。但是画家应该画出直达人心的东西，并且，知道如何绘画是很重要的一点。在我看来，最卑劣的天才也比最冠冕堂皇的教条有价值，这些教条根本不值一提。

第十章

我陪着卡泽娅还有索斯洛夫斯基一家出现在展览会上。

我的画作前面总是围着很多的人。在我们走进展厅的时候人们开始窃窃私语起来，这时候，他们看得最多的不是我的画，不是我本人，而是卡泽娅。特别是那些妇人们的眼睛一刻也没有从她的身上移开。我看到她对这种难以置信的情况感到很愉快，但是我一点都不生她的气。在她评论安塔克的“尸体”时我反而感觉更糟糕，“这不是一幅得体的画作”。索斯洛夫斯基更是说，她女儿所说的话正是他想表达的，我感到很恼火。想想看，竟然连卡泽娅都会有这种观点！

出于愤怒，我立刻跟他们说再见了，借口说我得去见奥斯崔尼斯基。我走到他的办公室，这一点不假，但是我是想让他陪我一起吃晚餐。

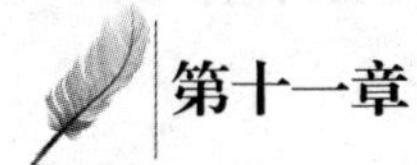

第十一章

我看到了一个奇迹，这就这样。

现在才让我第一次懂得，为什么人要长眼睛。

真是个美人啊！

我同奥斯崔尼斯基走在一起，突然在威勒大街的一角看到一个女人快速地走过。我停下脚步愣在那里，木得像一块石头，我注视着她，完全失去了自我意识，不知怎么的我抓住了奥斯崔尼斯基的领结，然后帮他松开，哦，救救我吧，不然我快死了！

她拥有多么完美的容貌？这与容貌无关，她简直就是一个艺术家笔下的完美人物，完美的轮廓，完美的色彩，完美的情感流露。连热鲁兹都会在她面前死而复生，然后再因为自己画了那么多丑陋的东西而吊死自己。

我看了又看。她独自一人走着——怎么能说独自一人呢？诗歌、音乐、活力、色彩，还有爱情都一路伴随着她在跳跃。我不知道自己是不是应该立刻把她画下来，其实我更应该立刻跪在她的面前亲吻她的脚，因为她就是我的那个女人。那么，谁能告诉我我该怎么办？

她安静地走过我们，沉静得就像夏日的空气。奥斯崔尼斯基向她鞠了鞠躬，但是她没有看他，我从惊讶中清醒了过来，然后喊道：

“我们跟着她！”

“不行，”奥斯崔尼斯基回答，“你疯了吗？我必须系上领结。让我安静一会儿！她是我的一个熟人。”

“是你的一个熟人？给我介绍一下。”

“我可不想，你可是已经订婚了的人。”

我心里把奥斯崔尼斯基和他的祖宗八辈通通问候了一遍，然后，我的心都跟着她飞走了。不幸的是，她已经钻进了一辆敞篷车里。我只能远远地看到她的草帽和红色的阳伞。

“你真的认识她？”我问奥斯崔尼斯基。

“我认识所有的人。”

“她是谁？”

“特诺之家的潘妮·海伦娜·克坎诺夫斯基，也可以叫她潘娜·沃德华（小寡妇）。”

“为什么叫她小寡妇？”

“因为她的丈夫在婚礼晚宴的时候死了。如果你清醒点了，我会告诉你她的故事。有一个富有的、没有子女的单身汉，他的名字叫克坎诺夫斯基，来自乌克兰的一个贵族家庭。他有很多显赫的亲戚希望能成为他的继承人，他的没有子嗣让这些继承人们感到莫大的希望。我知道这些继承人。他们真的都是值得尊敬的人，但是那又能怎么办呢？最值得尊敬的这些人都忍不住地关注着克坎诺夫斯基的子嗣。这让这位老人感到非常困扰，因为负气，他向邻居家的女儿求爱，签署了一份文件，把他所有的财产都转到她的名下。然后他们就结婚了，结婚典礼上有跳舞的环节，跳舞结束后是晚餐，但是在晚餐快要结束的时候，他的中风犯了，当场死亡。就这样海伦娜·克坎诺夫斯基夫人就变成了小寡妇。"

"这是多久之前发生的事？"

"三年前。那时候她才二十二岁。自那时候到现在她都可以再结婚二十二次了，但是她一直都不想结婚。人们觉得她在等着一位亲王的到来。事实证明这不是真的，因为她不久前刚刚推掉一位亲王。除此之外，我很清楚地知道她一点都不虚荣造作，最好的证明就是这么久以来，潘妮·克坎诺夫斯基都一直同众所周知的、富有同情心的、天才的艾娃·艾德米关系密切，艾娃是她在寄宿学校的同学。"

听到这里，我高兴地跳了起来。如果这是真的，奥斯崔尼斯基一点都没有杜撰的话。那么我最亲爱的、善良的艾娃小姐将会为我同潘妮·海伦娜的见面牵线搭桥。

"好吧，那么你不打算把我介绍给她了？"我问奥斯崔尼斯基。

"坚决不会，如果其他任何人想要认识这个城市里的任何一个人，我就介绍给他认识，"奥斯崔尼斯基回答，"但是，由于你拆散了我和卡泽娅的好事。我不希望在这种情况下让大家说我是——你明白吗？自己保重吧！"

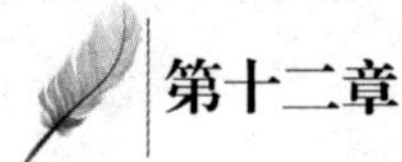

第十二章

我要和索斯洛夫斯基一家人一起用餐，可是我写信告诉他们自己不能去了。

我的牙口一向很好，从未疼过，但是今天却“疼”了起来。

海伦娜的身影整天都萦绕在我的眼前，请问哪个画家能不想念这样的一张脸呢？内心已经默默把她描画了不下十遍了，脑海中不断勾勒着海伦娜的美丽容颜。这么说来，能够多见她几次是很有必要的，想到这儿，我奔向艾娃·艾德米的家，但是她不在。晚上的时候，我收到了卡泽娅发来的邀请卡，让我在第二天早晨去花园的湖边碰面，一家人一起喝咖啡。这些湖水啊，咖啡啊，真是快把我烦死了！

可是我还不能去，要是不能在第二天早晨找到艾娃的话，我就一整天都逮不到她了。

艾娃·艾德米（这是她的艺名，她的真名叫作安娜·叶德林斯基）是位很特别的小姐。长久以来，我都非常珍惜和享受与她的友谊，而且我们都儒雅地称呼对方为“汝”。这已经是她在舞台上的第九个年头了，但是她的骨子里依然保持了那份难得的纯真。在剧院里，虽然很多女演员在身体上是纯洁的，但暴露的衣着已经出卖了她们内心的欲望，我敢说，最厚颜无耻的狒狒在舞台上看到这些的时候都会脸红得心慌肉跳。可悲啊，剧院腐蚀了人心，特别是女演员的心。

很难想象，一个每天都盼望着爱情到来，并且性情忠贞、端庄的女人的内心是不应该做戏剧故事中的公主梦的，因为戏剧与现实生活根本就不是一回事。艺术和现实的巨大反差更加肯定了艾娃的一种感觉，那就是，欢呼喝彩声背后的残酷竞争和妒忌禁锢了人们内心最高贵的艺术冲动。

与这些被宠坏了的演员持续接触只能弱化自己的艺术初衷，没有谁能在这样的环境中不堕落下去。这样的环境只能被伟大的经过艺术之火洗礼的智者所征服，或者是被自然征服，这种自然应该是纯粹的，纯粹得连魔鬼都不能穿越，就像雨水不能渗透天鹅的羽毛一样，而这种不可渗透的天性只属于艾娃·艾德米。

晚上喝茶的时候，我不止一次向同行儿们说起艺术圈的人物，但是我们总是以最高尚的诗人作品挑起话题，以最低劣的演员八卦作为结束。

一个超越凡人具有超凡想象力的人，一个比其他人更具感性和热情的人，一个懂得幸福和快乐并且对一切未知事物都带有无比强烈渴望的人——就是艺术家。这种人应该具有比凡人三倍的个性和意志力来战胜外界一切的诱惑。

然而，没有什么道理来说一个最娇艳的花朵应该比其他的花朵更具风雨的击打力，也没什么道理来说一个艺术家为什么会比普通人更具个性。恰恰相反，艺术家通常是更没有个性的，因为他们所有的能量都已经在区分艺术世界和现实世界的泥沼中消耗一空了。

艺术家只是一只生病的小鸟，持续地发着热——一只有时会消失，有时又出现在尘埃中无力地挥动着疲惫翅膀的小鸟。艺术使它鄙视世俗，但现实生活的痛苦剥夺了它飞翔的力量，所以，艺术家总是在内心和现实生活的矛盾中痛苦地挣扎。

世界也许会从艺术家那里索取更多，也许会审判他们，可能世界是对的，但是，上帝也能救赎他们，上帝也是对的。

奥斯崔尼斯基坚持认为演员是属于艺术界的，就像单簧管和法国圆号都是艺术一样。

但这种说法也不完全正确，最好的证明就是艾娃·艾德米，她是一位真正的艺术家，搞艺术是她的天赋，也是一种感知，这种感知使得她能够像母亲保护孩子一样保护她远离邪恶的世界。尽管我们是朋友，但是我已经很久没见到过她了，所以当她看到我站在门口的时候，脸上流露出惊讶的表情，但是看得出来，她见到我真是很高兴。

“最近过得怎么样，瓦拉迪克？”她问道，“我好久没看到你了。”

我非常高兴能找到她。她穿着一件土耳其式的晨衣，鲜红的棕榈树叶绣在米色的衣底上，还用金丝镶着边儿。这美丽的刺绣把她光洁的脸庞和紫罗兰色的双眸衬托出别样的美丽。我毫不吝啬自己对她的赞美，她听到后非常高兴。接着，我就直奔重点了。

“我亲爱的女神！你认识潘妮·克坎诺夫斯基吧，那个来自乌克兰的漂亮小姐？”

“认识，她是我的同学。”

“给我介绍一下吧。”

艾娃摇了摇头。

“亲爱的，我的宝贝，你对我最好了！”

“不，瓦拉迪克，我不会把你介绍给她的！”

“看看你多讨厌，我曾经一度都要爱上你了。”

艾娃真是个爱害羞的姑娘，当她听到这句话的时候，内心明显动摇了。只见她把手肘支在桌上，手托着下巴问我：

“什么时候爱上我的？”

就这么提到海伦娜的事确实是很鲁莽的，由于我之前确实有一段时间真的要爱上艾娃了，而且我希望她现在能够有个好心情，所以就开始说：

“我们曾经去过剧院后面的植物园吧。你还记得那是怎样一个美妙的夜晚吗？我们坐在喷泉附近的长椅上，你当时说：‘我很想听到夜莺的歌唱。’可是由于出了一些事吧，我有点沮丧，头痛得摘下了帽子。而你，走到喷泉那里，用水沾湿了手帕，然后敷在我的额头。那时的你看起来就像天使一般完美，我心里想着：如果我能抓住那只手用力地亲吻，那么一切都不重要了！我会至死都永浴爱河。”

“那么然后呢？”艾娃低声问道。

“你很快就躲开了，就好像预料到什么事一样。”

艾娃坐着沉思了一会儿，然后回过神来紧张慌乱地说：“我们别说这个事了，拜托。”

“好吧，那就不说了。你知道吗艾娃，我太喜欢你了，喜欢得都快爱上你了。从和你第一次见面，我就对你有一种非常真挚的情感。”

“但是，”艾娃似乎在还在循着自己的思路，“你已经订婚了，这是真的吗？”

“是真的。”

“为什么你没有告诉过我？”

“因为开始的时候婚约被解除了，可是不久之后又重新约定了。但是，如果你跟我说订过婚的人就不能再同潘妮·海伦娜认识，我会告诉你，首先我是一个画家，其次才是一个订过婚的人。这样你就不会为她担心了吧？”

“想都别想。我不会把你介绍给她的，因为我不想让人们嚼她的舌根。大家都说，这几个星期以来，半个华沙的人都爱上你了，他们漫无边际地杜撰你的事情。就在昨天，我还听到一句闲话，说你把上帝的十条戒律总结成一条为自己所用。你到底总结了哪一条？”

“什么哪一条？”

“你不应该垂涎邻居妻子的美貌——这是没用的。”

“哦，上帝啊，只有你懂我的痛苦！但是这个闲话还不错。”

“而且真的一针见血。”

“听我说，艾娃，你想知道事实吗？我从未胆小怯懦过，但我也从未真正地赢得过一个女人的心。人们总是爱想象，上帝知道他们想的都是些什么。人们也不会管到底有多少事是真的。而你，哦，上帝，你看到了我的痛苦！”

“可怜的艺术家！”

“可怜可怜你这个朋友吧，带我去见潘妮·海伦娜。”

“我的瓦拉迪克，我不能这样做。你越是想成为唐璜一样的人物，就越让我失体统，作为一个女演员，带你去见海伦娜那样一个有吸引力的独身女人，这是非常失礼的行为。”

“那为什么你还要同意见我呢？”

“我就不一样了。我是一个女演员，套用莎士比亚的话来说‘即便你像冰一样纯洁，纯如雪，也并不能逃脱流言的中伤’。”

“这种情况是很容易让一个人失去理智的。每一个人都可能会认识她，也许是在她的家里认识的，也许是在大街上认识的，但是我却不能！为什么会这样？是因为我画了一幅好画有了点名气才能这样的吗？”

“在我看来，你说得没错，”艾娃笑着说，“你不用怀疑，我已经预料到你来找我的原因了，因为奥斯崔尼斯基当时也在这儿，而且他劝我说‘最好’别把你介绍给海伦娜。”

“哦，我明白了！那么你已经答应他了？”

“我还没有，我当时都快生气了，但是自己也是觉得‘最好’还是不要把你介绍给她。算了，还是让我们聊聊你的画吧。”

“不要用画来折磨我了。既然事情已经这样了，就不怕更糟！我想告诉你的是：在三天的时间里，我要跟潘妮·克坎诺夫斯基认识，即使是乔装打扮我也要见到她。”

“扮成一个花匠，然后为她递上一束鲜花——奥斯崔尼斯基送的。”

此刻，一个截然不同的计划出现在我的脑海，这个计划是如此的完美，以至于让我狠狠地拍了一下自己的脑门，于是我把刚才的愤怒和对艾娃的冒犯抛到脑后，对她说：

“你要保证不会出卖我。”

“我保证。”艾娃好奇地说。

“听着，我会把自己伪装成一个老民谣歌手。我有整套的装束，七弦琴也有。我在乌克兰待过，知道如何唱他们那儿的歌。潘妮·海伦娜是从乌克兰来的，她一定会招待我的。你现在明白了吗？”

“多么有创意的想法啊！”艾娃喊道。

艾娃是如此地具有艺术气息，这个计划一定是让她很高兴，另外，她已经保证了不会出卖我，也没有提出反对意见。

“多么有创意的想法啊！”她又说了一遍，“海伦娜是如此地热爱她的乌克兰，当她在华沙看到一个乌克兰歌手的时候会激动得哭的，但是你想告诉她什么？你怎么解释自己为什么回来华沙？”

我的热情已经感染了艾娃。一时间我们坐在那儿开始策划最佳的方案。我们一致认为我得乔装打扮一下，然后让艾娃把我藏在马车里来躲避旁观者的好奇。只有艾娃自己愿意告诉潘妮·海伦娜这个秘密的时候，对方才能得知事实的真相。艾娃和我因为完成这个计划感到很高兴，后来我俯下身轻吻了她的手背，她也留下我一起吃午饭。

我一晚上的时间都耗费在索斯洛夫斯基家里。因为我早晨没有出现，卡泽娅有点不高兴，此刻我像天使一般完美地忍受着她的冷幽默，而且，心里也在考虑着明天的艳遇——同海伦娜的艳遇。

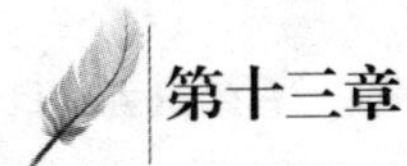

第十三章

已经是上午十一点了。

不知道怎么回事，艾娃还没有出现。

我穿着质地粗糙的亚麻衬衫，胸口的地方裂着一道口子，外面套着一件稍微有点磨损的大衣，但一切相当的好，腰带、靴子，每一件东西都是必需的。灰白色的假发遮住眼睛，只有眼尖的人才会发现这是假发，而我的胡子简直就是一个杰作，费了好大的功夫才弄好。从早晨八点开始，我就开始打扮自己了，利用鱼胶把头发做挑染处理，弄成灰白色，很自然地成了一个老人家的样子。稀释过的墨汁可以让我的皮肤变得黑黝黝的，安塔克还天才般地帮我弄上了几条皱纹。我这个样子看起来都有七十岁了。

安塔克坚持认为，如果不是画画，我都可以靠着自己的胡子当模特挣钱了，这不比搞艺术挣钱多吗。

十一点半的时候，艾娃来了。

我往马车上扔了一捆衣物，里面有我平常穿的衣服，因为我知道自己也许会换装。然后我带上七弦琴下了楼，在马车门口处，我喊道：

“奉上帝之名！”

艾娃吃惊而又着了魔一般地看着我。

“多棒的养蜂人啊，多棒的老爷爷！”她重复地说着、笑着，“这种创意只有艺术家的脑子才能想得出来！”

顺便插一句，此刻的她就像夏日早晨一般的清新，穿着真丝的长裙，头上戴着镶有罂粟花的草帽，我的眼睛简直都要看直了。她钻进一辆敞篷马车里，人们一看到她就立刻围了上来，可是她怎么会在意这些呢！

最终，马车跑了起来，我的心脏也疯狂地跳着，因为一刻钟以后我就会见到自己的梦中情人海伦娜了。

还没走出一百码的距离，我就看见奥斯崔尼斯基远远地朝着我们走来。这个人真是无处不在啊！看到我们的时候，他停下来向艾娃弯腰鞠躬，然后很快地看了我们两人一眼，特别是我。我觉得他没认出我来，但是当我们经过他的时候，我回头看了看，发现他还是站在原地，目光追随着我们。只有在转弯的时候才摆脱掉他的眼神。马车跑得很快，但是对我来说这时间过得太慢了，简直就像过了一个世纪。最终，我们还是停在了美景巷的前面。

此刻的我们就在海伦娜的房子面前。

我箭步冲到大门前。

艾娃跟在我后面跑，大声喊：

“这是个多么可恶的老爷爷！”

一个穿着光鲜的仆人打开了，然后睁大了眼睛看着我。艾娃安抚了一下他的惊讶，说是自己的祖父要跟着一起过来的，然后我们就上楼了。

刚走到楼上，就立刻走出一个女仆，告诉我们说小姐正在另外一个房间梳妆，说完就退出去了。

“你好啊，海伦娜！”艾娃喊道。

“你好，艾娃！”一个清新美妙的声音回答，“马上！马上！我一会儿就好。”

“海伦娜，你肯定猜不到一会儿会发生什么事，或者是看到什么人。我给你带来一个‘老爷爷’——一位曾经走遍乌克兰的善良的‘老爷爷’级的民谣歌手。”

隔壁房间发出了一声快乐的呼喊，门突然被打开了，海伦娜跑了出来，美丽的头发从她的束身衣上垂了下来。

“一位老爷爷！一位盲人老爷爷！在华沙遇到！”

“他不是盲人，他看得见！”艾娃匆忙大声说着，不希望这个玩笑开得太大。

但是一切都晚了，因为那个时候我已经扑到海伦娜的脚下，大声呼喊着：

“我的天使！”

我用双手紧拥着她的脚，同时抬起眼睛，看到了从脚往上的一部分。就让全世界都拜倒在她的裙下吧！让人们都顶礼膜拜她吧！我的维纳斯女神！我完美的人儿！

“天使啊！”我真挚入迷地又说了一遍。

由于是民谣歌手，我此刻的热情行为可以被完美地掩饰，在经过长久的流浪之后，我在这里遇到了一颗最乌克兰的心。尽管是这样，海伦娜匆忙地撤回了她的脚。在闪烁的眼神中，我看到了她赤裸的肩膀，她光洁的脖子让我想起了那不勒斯博物馆里的塞克画像。当她赶忙穿过门消失的时候，我却仍然保持着跪地的姿势待在房间的中央。

艾娃用她的阳伞戳了戳我，然后大笑起来，把自己玫瑰色的脸庞躲在一盆绿植的后面。

这个时候，问话声透过门传了进来，那语调简直就是从普利佩特到彻特莫里克绝无仅有的最优美的语言。

我已经准备好回答各种可能的质问，所以撒谎如流。“我是一个养蜂人，从齐吉那边来的。我的女儿离家流浪到了华沙，而我，一个老人家，独自在养蜂场悲伤，于是我也流浪着去找她。好心人在我唱歌的时候会施舍点钱——可那又怎么样？我要看到我亲爱的孩子，给她我的祝福，然后我们一起回家，因为我渴望回到乌克兰的怀抱。我要在那儿的蜂房里慢慢老去。每个人都会死的，是时候让老菲利普结束这一生了。”

瞧我多有演员的天赋啊！艾娃知道我是谁，但是她被我所扮演的角色深深地打动了，开始随着我忧郁地点了点头，同情地看着我。海伦娜颤抖的声音从另外一个房间传了过来，也是那么的动情。

门被打开了一点，一只藕白的手臂随着开门的动作露了出来，出乎意料地，我发现自己的手中多了三枚卢布，我还能做些什么，此刻的我真要向各路圣人祈祷祝福她，真是个善良的女人啊！

我的思路被一个女仆的声音打断了，她告诉我们奥斯崔尼斯基就在楼下，询问小姐是否能够见他。

“别让他进来，亲爱的！”艾娃用警告的语调大声说。

海伦娜声明自己当然不会见他。她甚至对这么早的到访感到很是吃惊。说实话，我也不明白，作为一个自认为熟知社会礼仪的人，奥斯崔尼斯基怎么能这么早就过来拜访呢！

“这里面有点问题。”艾娃说。

但是，已经没有时间做进一步的解释了，因为海伦娜此刻已经穿戴整齐地出现在我们面前，然后叫仆人摆好早餐。

两位小姐一起走入餐厅。海伦娜希望我也能同他们一起吃饭，但是我拒绝了，只是同我的七弦琴一起坐在门槛的地方。不久，我接到了一个装满食物的盘子，满得足够六个乌克兰老爷爷的饭量，而且吃完也会弄个消化不良。但是我吃了起来，因为现在我确实饿了，我一边吃一边看着海伦娜。

事实上，在地球上的任何一家画廊里都不会见到比这更美的脸庞了。我长到这么大，从来没有看过这么透明的眼睛，透过这双眼睛我简直能够看懂她所有的想法，就像看到了清澈见底的溪流。这双眼睛也拥有这样一种力量，那就是在张口微笑之前，它们就已经充满了笑意，把整个脸庞都照亮了许多，就好像有阳光照耀到上面一样。这张嘴唇是多么具有无法比拟的甜蜜！卡罗·多尔切式的发型，即便是眉毛和眼睛的轮廓都让人想起拉斐尔画作里最高贵的人物形象。

最后，我停下来不吃了，我看了又看，觉得自己能就一直这么看着，直到死去。

“你昨天没来，”海伦娜对艾娃说，“我整个下午都希望看到你来我家。”

“早上我有排练，下午去看了看玛格瑞斯基的画。”

“看到了吗？”

“没有，人太多了，你看到了？”

“我早上去的。他是位多么棒的诗人啊！无论哪个人看到这些犹太人的时候都能感动得掉眼泪。”

艾娃看了看我，我的灵魂顿时崇高了许多。

“我会再去的，有时间就会去，”海伦娜说，“我们一起去吧，今天去你说好不好？我非常赞同一点，那就是不要仅仅去欣赏那幅画，更要体会画中呈现的某种能量。”

怎么能让人不赞美这样的女人呢！

接着我又听到：

“很可惜，这样的话没能让那个玛格瑞斯基知道，但是我承认，我确实对他好奇死了。”

“哈！”艾娃不经意地发出声音。

“我猜，你认识他？”

“我敢肯定，要是你能见到他一定会有很多的失望，自以为是，虚荣，哦，多么虚荣的人啊！”

我真是有种反驳艾娃的欲望，她把那双紫罗兰色的眼睛恶作剧般地转向我，然后说：

“你怎么没食欲了，老爷爷？”

我要反击，我不能再忍耐了！

但是她又对海伦娜说：

“比起相识，玛格瑞斯基更值得人们去想象着崇拜。奥斯崔尼斯基把他描述成一个藏在庸人身体里的天才。”

如果奥斯雀尼斯基再说类似的话，我敢切掉他的耳朵！我知道艾娃正在恶作剧，但事实上她已经超过尺度了。幸运的是，早餐吃完了。我们走到庭院那里，我要唱一首歌。这有点让我感到困扰，我更愿意以一个画家的身份和海伦娜待在一起，而不是一个民谣歌手！但是现在这种状况太难脱身了！我坐在栗子树荫下的矮墙那里，阳光透过茂密的树叶间隙，在地上投射出大量的光斑。这些光斑颤动着、闪烁着，消失了又重新发出光芒，就好像树叶在移动一样。这个花园很深，所以城市的喧嚣一点也不会渗入进来，特别是花园喷泉的流水声让尘嚣的感觉更加淡薄了。天很热。在茂密的树叶丛中，传来麻雀的呢喃声，但是很弱，就像要睡着了一样。最后，四周安静下来。

我的眼前形成了一幅非常完美和谐的图画：花园里，以树木为背景，太阳光斑，喷泉，两位拥有不同寻常的漂亮容颜的女人相互依靠着对方，一个老民谣歌手拿着七弦琴坐在墙边——作为一个画家，眼前所有这一切都具有独特的魅力，感染了我。同时，我还记得自己扮演的角色，于是开始动情地唱了起来：

“人们都说我很快乐，我嘲笑他们所说的，因为他们不知道我经常掩饰自己的眼泪！我生来就是不幸的，不幸把我毁灭了。母亲，你为什么要生下我，在那罪恶的时刻？”

艾娃被感动了，因为她是个艺术家，海伦娜也被感动了，因为她来自乌克兰，而我——由于两位姑娘都是这么漂亮，我已经被她们迷倒了。

海伦娜静静地听着我的歌，并没有过分地关注，也不带有虚伪的热情，但是从她透明般的眼睛里，我看到这歌声为她带来了最纯洁和真挚的快乐。

这与那些来华沙参加狂欢节的乌克兰女人是多么的不同，她们只会在跳舞的时候不断地用乌克兰的乡愁故事骚扰她们的舞伴，但是事实上，用我的一个熟人的话说，没有什么力量能够把这些女人从华沙和狂欢节上勾回乌克兰！

海伦娜听着，精致的小脑袋随着拍子摇摇摆摆，她时不时地对艾娃说："我知道这首歌。"然后就跟着我一起唱，我真是太佩服自己了。我拿出自己所有的本事，回忆起来自大草原的所有歌唱素材，从哥萨克首领开始，然后是骑士，哥萨克骑兵，以猎鹰队、桑亚、玛瑞斯亚斯、大草原、墓场为结束，天晓得我到底唱了多少个！我的表现真是令自己都感到吃惊，幸福来得太快太多了。

时间过得飞快，就像做梦一样。

回去的时候感觉有点疲惫了，但是心里却仍像着了魔一样。

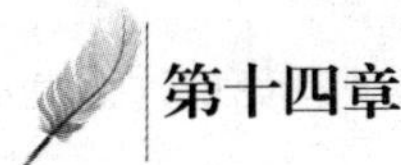

第十四章

非常出乎意料的是，在回到画室的时候，我发现索斯洛夫斯基夫妇和卡泽娅在那儿。他们来是为了给我个惊喜。

为什么安塔克要非常肯定地告诉他们我马上就要回来了？

由于我的乔装打扮，卡泽娅和索斯洛夫斯基都没认出我。我靠近卡泽娅，牵起她的手，但是她后退了一下，有点害怕。

“卡泽娅，难道你不认得我了吗？”看到她那吃惊的样子我忍不住大笑起来。

“是瓦拉迪克。”安塔克说。

卡泽娅更加认真地看了看我，最后她大声喊道：

“呼！真是一个丑陋的老爷爷！”

我是个丑陋的老爷爷！我好奇地想知道她在哪儿能见到一个比我更英俊点的老爷爷！但是对于可怜的卡泽娅来说，在他父亲苦行僧般的教条影响下，她当然会认为所有的民谣歌手都是丑陋不堪的！

我走到厨房那里，几分钟以后恢复了自己原来的容貌。卡泽娅和她的父母就开始问我为什么要这样乔装打扮。

“很简单。你们瞧，我们画家有时会互相给予帮助，为对方做模特。就像安塔克，他就装扮成一个老犹太人为我做模特。你们在画里没有认出他来？卡泽娅，你认出来了吗？我这是为塔斯科维斯基做模特，这在画家圈里是一种惯例，特别是在模特极度缺乏的华沙。”

“我们来是为了给你一个惊喜，”卡泽娅说，“另外，我长这么大从没参观过画室。哦，多么杂乱无章啊！所有画家的画室都是这样的吗？”

“差不多，差不多。”

索斯洛夫斯基说他希望这里能更整洁一点，希望以后能有所改观。我真是希望用七弦琴去打破他的头。这时，卡泽娅略带妩媚地笑了起来，对我说：

“有这么一位画家，除了画画什么都不操心，把这里交给我吧，我会让一切都变得井然有序。”

就这样说着，她扬了扬鼻子，看到用来装饰画室一角的结了蜘蛛网的花彩饰物，补充说：

“这里太乱了。要是有人来了，会觉得自己是待在一个旧货店里的，比如，那个盔甲，瞧它锈得多么厉害啊！这里很有必要找来一个仆人，让她磨点砖灰涂在上面，这盔甲就会变得焕然一新了。”

上帝啊！圣母马利亚！她竟然想用红砖灰打扫我从坟墓里挖出来的

盔甲——哦，卡泽娅啊，卡泽娅！

此刻的索斯洛夫斯基感到非常高兴，他亲吻了一下女儿的额头，安塔克发出了某种不祥的声音，让人想起野猪的咕噜声。

卡泽娅伸出食指用威胁的口吻对我说：

“我希望你记住，所有的一切都会改变的。”然后她还断定说，“而且如果某个绅士今天晚上不来我家的话，他就是个可恶的坏人，大家都不会喜欢他了。”

这样说着，她闭上了眼睛。我不能说她的这些小把戏一点都不好玩。我答应她一定会去的，并且把我未来的家庭成员送到一楼。

回来的时候，我发现安塔克不敢相信地瞥眼看着桌上躺着的一包百元大钞。

“这是什么？”

“你知道发生什么事了吗？”

“我不知道。”

“我，就像一个普通的小偷那样，抢了一个人的钱。”

“怎么抢的？”

“我把‘尸体’画作卖给他了。”

“这就是卖画的钱吗？”

“是的，我是一个庸俗的商人。”

我拥抱了安塔克，并且衷心地祝贺他。他开始向我讲述事情是如何发生的：

“在你走后我就一直坐在这里，直到一些绅士们走了进来，问我是不是苏耶塔特斯基。我回答：‘我好奇地想知道为什么我不能是苏耶塔特斯基！’然后他说：‘我看到你的画了，我想买。’我说：

‘你有权利这么做，但是请允许我说，只有白痴才会买那么邪恶的一幅画！’‘我不是白痴，’他说，‘但是我喜欢去买白痴画的画。’‘如果就是这样的话，我同意。’我回答。他询问我价格。我说：‘那有什么关系？’‘我该给你这么多，还是这么多？’‘好吧！如果你出了那个价，那就这么定了吧。’他掏了钱，然后就走了。留下了印着波尔科夫斯基医学博士的名片。我就是个庸俗的商人，故事说完了！”

“祝你的‘尸体’永存！安塔克，去找个女人结婚吧。”

“我宁愿吊死自己，除了是个庸俗的商人，我什么都不配。”

晚上的时候，我去了索斯洛夫斯基家，卡泽娅和我一起坐在壁龛那边，那儿有个小沙发。潘妮·索斯洛夫斯基坐在一张桌子旁边，桌上点着灯，她正在为卡泽娅缝制嫁妆。索斯洛夫斯基也坐在桌边读书，带着尊贵的表情翻着晚间版的《风筝》。

莫名的，我觉得自己已经不是原来的那个人了，我希望能驱散掉这个想法，所以就一直不断地触碰着卡泽娅。

在客厅里，保持安静是非常重要的，安静的氛围时不时地被卡泽娅的低语声所打断。是我想要拥抱她，可她小声地对我说：

“瓦拉迪克，爸爸会看到我们的。”

随着那声“爸爸”，她开始抬高点声音，“我们的大艺术家苏耶塔特斯基的画，《最后的一次见面》，今天已经被波尔科夫斯基用一万五千卢布买走了。”

“没错，”我补充说道，“安塔克今天早晨卖的。”

然后我又试着想拥抱卡泽娅，可是又一次听到了她的低语声：

“爸爸会看到我们——”

我的眼睛不自觉地朝索斯洛夫斯基看了看。突然看到他的脸色变了，只见他用手揉一下眼睛，然后躬身仔细地看着《风筝》上的内容。

“是什么鬼东西让他这么感兴趣？”

“孩子他爸，怎么了？”潘妮·索斯洛夫斯基说。

他站起身，抬脚两步走到我们跟前，然后站定了，眼睛紧紧地盯着我，然后紧握自己的双手点了点头。

“怎么了？”我问。

“看看虚伪和犯罪怎么总是能发生在这地球上，”索斯洛夫斯基悲伤地回答，“我亲爱的先生，从头读到尾，别害臊。”

就这样说着，他做了一个动作，好像要试着把自己包裹在他的宽外袍里一样，然后递给我《风筝》。我翻到那一页，然后眼睛在一个公告的地方停下：“一个乌克兰民谣歌手。”我有点困惑，然后匆忙地读了一下内容：

“这些天，一个生面孔出现在我们市，他总是以一个老民谣歌手的身份去拜访住在这里的一些乌克兰家庭，向他们讨要施舍，以唱歌作为回报。据说，艾娃·艾德米，一个大家众所周知的也是极富同情心的演员，也出奇地被发现同他在一起，就在今天早晨的时候，他们还被发现同乘一辆马车。在这个生面孔露面后的没几天，一篇报道说，这个民谣歌手是一位挺出名的艺术家装扮成的，他用这种方式摆脱丈夫们和监护人们的注意，轻而易举地就进入了女人们的闺房。我们相信这篇报道是毫无根据的，因为仅仅这一条，就能让我们的这位当红演员永远无法在舞台上立足。根据我们的消息，这个老人是从乌克兰流浪到这里的，智力有点迟钝，但是记忆力颇佳。”

“见鬼！”

索斯洛夫斯基愤怒得简直不能平复自己的声音，最终发泄出来：

“又是一次谎话，你拿什么来证明自己的清白？难道我们今天没有看到你那令人羞耻的装束吗？那个民谣歌手说的是谁？”

“我就是那个民谣歌手，”我回答说，“但是我不明白你为什么会觉得那副装束很丢人。”

这时候，卡泽娅从我手中一把抢过《风筝》，然后开始读了起来。索斯洛夫斯基用力地裹了裹自己的宽外袍，继续愤怒地对我说：

“如果你这样堕落下去，就永远跨不进我们家的大门，在成为我们这个可怜孩子的丈夫之前，你一直都和其他的女人打情骂俏，不断地背叛她。你这样做已经践踏了我们对你的信心，你已经背叛了自己的誓言——这是为了谁？只是为了剧院的一个交际花！”

这句话最终激起了我的愤怒。

“我亲爱的先生，”我说，“我已经受够了你的教条了。那个交际花比你真诚上百倍。你对我来说什么都不是，知道吗，你令我感到恶心！我已经受够了你还有你的假慈悲，还有你的——”他出言中伤我，但是我已经不再在意了，因为索斯洛夫斯基正在敞开怀，好像想说：

“来打我吧！一点别留情，朝着我的胸膛！”

但是我一点都不想打架，我只想说我要走了，否则我会控制不住自己再说了什么让索斯洛夫斯基受不了的话。

事实上，我没跟任何人说声再见就走了。

轻柔的微风冷却了我刚才发热的头脑。已经是晚上九点了，晚间的空气令人冷静下来。我必须让自己平静下来，所以就向观景巷跑去。

海伦娜家的窗户黑着。很明显，此刻她并不在家。不知道为什么，这让我感到十分的沮丧。

如果能看到她映在窗子上的背影，我就会平静下来，但是现在这个样子，只能让怒火又一次冲散了我的理智。

我还能对那个奥斯崔尼斯基怎么样——我不知道。不过走运的是，他还不算是个在责任面前畏首畏尾的人。

但准确地说，我对他有什么好抱怨的呢？这篇文章写得真是狡猾邪恶。奥斯崔尼斯基并没有说这个民谣歌手是个化了装的画家，在某种程度上，他还是为艾娃考虑的，但同时，他又向海伦娜泄露了整个的秘密。显然，他是照海伦娜的意思试图与艾娃和解。他为了卡泽娅的事向我报复，让我成为大家的笑柄。

要是他没说过我的智力有点迟钝该多好！这事就这么完了。在海伦娜的眼中，我一定是个荒谬无稽的人。她一定看过《风筝》了。

哦，真是一团糟，艾娃该有多么伤心啊！那个奥斯崔尼斯基怎么能就这样赢了！此刻我必须做点什么，但是要我选的话，我真想成为《风筝》的一名记者！

我觉得该找艾娃商量一下。她今天有演出。我要去戏院找她，等她演出完毕。

时间还够。

半个小时之后，我出现在她的更衣室。

艾娃的演出正好就要结束了，这个时候，我正好有时间四处看看。

众所周知，我们的剧院并不以奢华装修而出名。白色的墙壁，两个汽灯，一面镜子，一个盥洗台，几把椅子，角落里还有条长椅，那可能是艾娃的私人物品——这就是她的更衣室。镜子的前面是大量的化妆用品，一杯已经喝了一半的黑咖啡，装着口红和蜜粉的盒子，仍然维持着刚脱下来的手掌形状的几副手套，其中还有两副长假发。侧墙那里有一堆演出服，白色的、玫瑰色的、深色的、浅色的，还有笨重的，地上有两筐用于女性装束的饰品，整个房间都充满了脂粉的气味。每一处都那么混乱，每一处都透露着匆忙！多么色彩缤纷的颜色和反光带！多么柔和的阴影！多么绚丽的汽灯光线！

这就是一幅独具特色的图画，这就是画中的景物。当然，比起一个女人平常的更衣室来说，这里没有什么更特别的地方，而且，这里有一些东西使这个房间看起来不像个更衣室，更像个充满魔力的避难所。除了杂乱无章、混乱和匆忙感夹杂在具有划痕的墙壁之间，咆哮着激发出艺术的灵感。

突然间，我听到一阵热烈的掌声。哈！演出结束了。墙壁的那边传来一阵阵的呼喊声："再来一个！再来一个！"一刻钟的时间都过去了，可是这呼喊声仍然持续。

最终，艾娃冲了进来，她扮演的角色是"西奥多拉"。头上戴着皇冠，涂着深色的眼影，脸颊上有一抹胭脂红色，蓬乱的头发像瀑布一样散落在她光洁的脖子和肩膀上。她是那么的激动兴奋还有点筋疲力尽，以至于对我说话的时候声音小得都快要听不见。

"你好吗，瓦拉迪克？"她一边说着，一边摘掉自己头上的皇冠，穿着皇袍让自己倒在长椅上。很明显，她已经没力气说话了，只是静静地看着我，就像一只奄奄一息的小鸟。我靠近她坐下，把手轻轻放在她的头上揉了揉，想着能够关心她一下。

从她的眼中，我看到那些尚未平息的喜悦，额头的汗水也充分体现了艺术的烙印。我看到，这个女人将她所有的健康、鲜血和生命都献给了戏剧的圣坛，此刻的她兴奋得都无法呼吸了。我顿时产生一种怜惜的感觉，同时还夹杂着懊悔和同情，感情的碰撞让我都不知道该做些什么了。

我们静静地坐了一会儿，最终艾娃打破了沉默，指着梳妆台上放着的几本《风筝》轻声对我说：

“真是苦恼啊！真是苦恼啊！”

突然间，她发出了一声令人心头一紧的哭泣，身体像风中的树叶一样颤抖着。

我知道她一定是因为过度的劳累才哭的，而不是《风筝》的原因，因为那篇文章就是个八卦新闻，不消一天的时间就会被大家忘得干干净净，而奥斯崔尼斯基整个人也不值得艾娃去掉一滴眼泪，但是我的心揪得更紧了。我握住她的手，用嘴唇轻轻地亲吻。然后把她拉到我怀里。我的心开始越来越激烈地跳动，好像正在发生一些不可思议的事。我跪在艾娃的膝边，不知道自己在做什么，就像一团乌云遮住了我的眼睛，突然间，我想都没想地就张开双臂紧紧拥抱住了她。

“瓦拉迪克！瓦拉迪克！我可怜的人儿！”艾娃轻声说。

我把她紧紧地拥在胸前，大脑一片空白，我已经不能思考了！我亲吻她的额头、眼睛，只是对她说：

“我爱你！我爱——”

听到这句话，艾娃的头稍微颤了一下，紧接着手臂狂热地环住我的脖子，我听到她的细语：

“我已经爱了你好久了。”

第十五章

对于我来说，如果这世上还有比她更可爱的人儿，我随你处置。

人们都说，我们搞艺术的在做每一件事情的时候都是靠内心的一时冲动，那不是真的！似乎我在很久以前爱过艾娃，但是，只有我蠢得可以，竟然都没有发现自己对她的感情。天知道我和她一起回家的那天晚上都发生了些什么。我们手拉着手，谁都没有说话。我时不时地贴一下艾娃的手臂，而她也是贴一下我的，让我感觉她真是全心全意地在爱我。

我领着她上楼，当在她的卧室中站定的时候，我们如此的尴尬，羞涩得都不敢直视对方的眼睛了。艾娃用手遮住自己的脸，而我轻轻地把她的手拿开，然后说：

“艾娃，你是我的，这是真的吗？”

她仰起脸看着我。

“是真的，我爱上你了。”

此刻的她是如此的美丽，眼神蒙眬，闪烁出爱慕的光彩，整个人都散发出一种甜蜜的慵懒气息，吸引着我无法离开。

事实上，她也不会离开我，似乎她希望用这种持续的沉默和长久感情掩饰来抚慰自己。

我回到家的时候，天已经很晚了。安塔克还没有睡，他点着灯，在一块木料上为一家插画刊物画着什么。

“这儿有你的一封信。”他这样说着，眼睛连抬都没抬一下。

我从桌上拿起这封信，透过信封感觉到一枚戒指的形状。太好了！这枚戒指明天就会派上用场。我开打信，看到以下的内容：

我知道，退回这枚戒指会让大家都舒服点，因为很明显你已经有了这种想法了。而我再也不会想那个轻浮的演员了。

卡泽娅

这封信写得很简短，信中的内容除了在发泄愤怒，再无其他。如果说，卡泽娅在我眼中萦绕着某种魅力的话，那么现在这种魅力将一去不复返。

很好！所有人都觉得艾娃是我乔装打扮和所有这些艳遇的罪魁祸首，但事实上，接下来发生的这些事确实是由于艾娃的原因。

我揉皱了这封信，把它放到口袋，然后就上床睡觉了。

安塔克从他的工作中抬了抬眼睛，然后盼望着我会说点什么，但是我什么都没说。

“今天晚上，那个讨厌的奥斯崔尼斯基在剧院散场后过来了。”安塔克说。

第十六章

在早上大概十点的时候，我真希望自己能立刻飞到艾娃那里，但是我还不能，因为有客人到访了。

巴仁·卡特夫勒走了进来，预订了一幅“犹太人”画作的复制品，他给我了一千五百卢布，当时我想要两千，但最后还是以他的价格成交。在他走了之后，我从坦泽伯格那里接到了两个画像的订单，作为一个反犹太者，安塔克斥责我是个犹太画家，但是我好奇地想知道，如果不是“经济利益的驱使”，有谁还会买这些艺术作品。要不说安塔克的“尸体”画作得不到商人的青睐也怪不得我。

一点的时候，我已经和艾娃在一起了。我把戒指送给她，然后还打算在结婚之后就去罗马。

艾娃高兴地同意了。现在的我们滔滔不绝地向对方袒露着心声，话语多得就像要狠狠地弥补昨晚的沉默一样。我告诉她我所接到的订单，我俩一起高兴。我必须在我们离开前完成那两幅画像，但是为卡特夫勒画的“犹太人”就只能到罗马才能画了。当我们返回华沙的时候，我会开一间画室，这样的话我们的生活就能衣食无忧了。

在憧憬这些未来的时候，我告诉艾娃会把昨天的日期当成一个纪念日，每一年都过，直到我们老去。

她把脸埋在我的臂弯，祈求我不要再说了。然后手臂环住我的脖子，叫着我的名字。她的脸色比平常显得更加苍白了，眼睛仍旧是紫罗兰的色彩，但却闪烁着暗淡的光。

啊！真是荒谬，有这样一个可人儿一直在我的身边，可我还要去别处寻找自己的幸福，转了一圈才发现那些人对我来说只是一个个陌生的过客。

艾娃很有艺术气质！她是我的未婚妻，并且很快就适应了角色的转变，自然地扮演着一个已婚者的角色。但是我并不会因为她的演员身份就生她的气。

吃过晚饭，我们一起去找海伦娜。

从那一刻起，艾娃把我当作她的未婚夫，而民谣歌手的鬼把戏就变成一个善意的谎言，并不会在这两位小姐之间产生什么误解。事实上，当海伦娜得知我们订婚的时候，她展开双臂拥抱了我们，为艾娃寻找到幸福而高兴。我们像三个疯子一样取笑着“老爷爷”，嘲笑那个时候“老爷爷”还必须听着她们评论画家玛格瑞斯基这个人。昨天我还想一刀捅了奥斯崔尼斯基，可现在，我却惊讶于他的精明。

海伦娜笑得如此的开心，以至于她透明般的眼睛都聚满了泪水。顺便插一句，她确实是一个尤物。当拜访结束送我们出来的时候，海伦娜稍微低头屈身行礼，我的眼睛一眨不眨地被她的姿态迷住了，就连艾娃也注意到了，以至于她一整天都在下意识地注意海伦娜当时的眼神和动作。

我们一致同意要在回国以后为海伦娜画一幅画像。但如果我想重新塑造她那过于精致的容貌和动人的神情的话，首先我得让我的艾娃待在罗马。

我会成功的，为什么不呢?

《风筝》晚刊又登出了消息，说我接到了很多的订单，资产估计上千。也许，这有点是卡泽娅给我再次来信的原因，信中说她是由于愤怒和嫉妒才退回那枚戒指的，但是如果我能去她家，并且在她父母面前诚恳地道歉，他们会原谅我的。

我已经受够了向他们祈求原谅的感觉。我没有回信。谁愿意去向索斯洛夫斯基道歉就去吧，反正不是我，就让卡泽娅嫁给奥斯崔尼斯基!反正我已经有了我的艾娃了。

但是，我的沉默明显使索斯洛夫斯基一家感到恐慌，因为几天之后，同样的信使又带来了卡泽娅的一封信，但是这封信却是给安塔克的。

安塔克让我看看这封信。卡泽娅希望能约他出去谈谈关于自己将来幸福的事，她已经看透了安塔克的心，从第一眼起就觉得他是一个能够主持公正的人。她希望对方不会拒绝一个不幸女人的祷告。安塔克嘴里嘟囔着，诅咒着卡泽娅的不厚道，但还是赴约了。

我估量着，他们可能是希望透过安塔克来影响我。

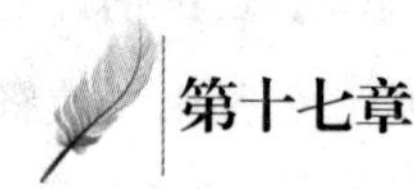

第十七章

很明显，怀有一颗柔软心灵的安塔克被征服了。因为有将近一个礼拜的时间，他都定期地去往索斯洛夫斯基的家，有将近三天的时间都在我身边徘徊、皱眉，然后像一头野狼一样盯着我看。

最终有一天，在喝茶的时候，他暴躁地问我："好吧，说说你打算把那个女孩怎么办吧？"

"什么女孩？"

"索斯洛夫斯基家的女儿。"

"我对索斯洛夫斯基家的女儿什么意思都没有。"

接下来一片沉默，然后安塔克又开始说：

“她整天整天地哭，我都不忍心看她了。”

这是一颗多么善良的心啊！说这个的时候连他自己的声音都止不住地颤抖起来，但是他猛吸了一下鼻子然后补充说：

“一个体面的男人是不会这么做的。”

“安塔克，你这样说会让我想到老索斯洛夫斯基的。”

“我宁愿让你想起老索斯洛夫斯基也不愿意让你误了他的女儿。”

“求你放过我吧。”

“非常好！现在，我彻底看不懂你了。”

就这样说着，我们的谈话结束了，从那时起我就没和安塔克再说过话。

我们装作不知道对方的存在，这太好笑了。我们还是一起喝早茶，但是保持沉默，而且我们中的任何一个人都没有提过要搬出这间画室。

我结婚的日期越来越临近了。透过《风筝》这个大嘴巴，现在所有的华沙人都知道这件事了。所有人都在看着我们俩，所有人都羡慕艾娃。当我们一起出现在画展的时候，他们把我俩围得水泄不通。

一个陌生人给我寄了一封匿名信，信中警告我说，艾娃不配嫁给我这种身份的男人。

“我不相信大家所说的艾娃·艾德米和奥斯崔尼斯基之间的绯闻，但是你，我的艺术家，你需要的是能够全力支持你的事业的妻子，而艾娃·艾德米本身就是个演员，她只会为了自己着想，不会对你有丁点的帮助。”

安塔克还是定期地去索斯洛夫斯基家，但现在的他肯定是个安慰人的角色，因为索斯洛夫斯基一定是知道我的心意了。

我已经请好了长假和艾娃一起出国了。她开始把自己打扮成一个农村姑娘那样，穿着十分保守得体。我们在更衣室的那一幕没有再次发生，因为艾娃不允许我这样。我最大的甜头就是能亲亲她的手了，这让我感到非常的烦躁，但是也自我调侃地认为，这种禁欲的行为同样让她也不好受吧。

她疯狂地爱着我。我们整天整天地在一起。我已经开始教她画画了。她粗略地学了几节课，画得一般。

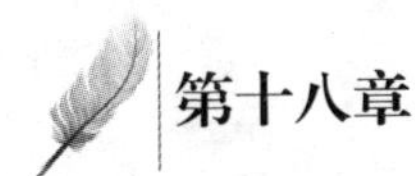

第十八章

故事的结局很出乎意料。

在我结婚的前夜，安塔克来找我，用手肘碰了碰我，然后把他蓬乱的头扭到一边，沮丧地说：

“瓦拉迪克，你知道我已经犯罪了吗？”

“好吧，既然你提起了，”我回答，“那么，是哪种犯罪？”

安塔克的目光还是紧盯着地板，然后用小到只能自己听到的声音对我说：

“像我这种酒鬼，没有脑子的笨蛋，里外都一贫如洗的人竟然能同卡泽娅这样的小姐结婚，难道还不算是犯罪吗？”

我简直不能相信自己的耳朵，但还是不顾一切地紧紧拥抱了他，不管他是不是要把我推到一边。

他的婚礼在几天后也要举行了。

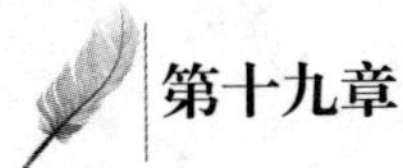

第十九章

在罗马住了几个月之后，艾娃和我收到了一份请柬，邀请我们参加奥斯崔尼斯基和潘娜·海伦娜的婚礼。

可是我们不能去了，因为艾娃怀孕了，身体经不住这样的颠簸。

艾娃还是继续学画，并且有了很大的进步。我在帕斯特获得了一枚金奖章，而且一位相当富有的克罗地亚人买了我的画。

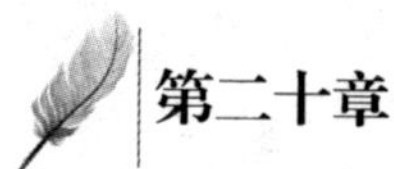

第二十章

我的儿子降生在维罗纳。

艾娃说她从没有见到过这么漂亮的孩子。

不同寻常的漂亮。

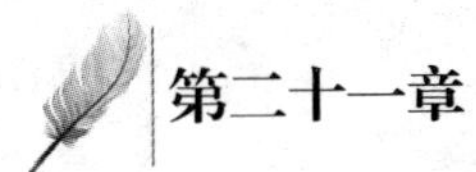

第二十一章

又过了几个月，我们已经回到华沙了。

我开了家非常棒的画室。我们和奥斯崔尼斯基一家走动非常频繁。他已经把《风筝》卖掉了，现在的身份是“失业救济粮协会会长”，无法形容此刻他形象的高大以及慷慨。他拍了拍我的肩膀，然后对我说：“很好，又是一个捐助者！”他也赞助一些文学天才，在每周三接受他们的到访。

而海伦娜仍然是那么的漂亮。他们一直没有要孩子。

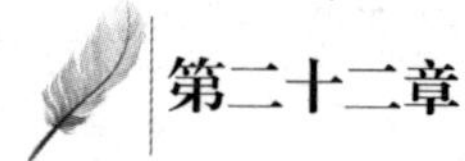

第二十二章

哦，救救我吧，否则我会被人笑死的。安塔克夫妇已经从巴黎回来了。现在的她还真像一个艺术家的妻子，而安塔克穿着真丝的衬衫，留着额发和楔子形的胡子。看到他的时候，我一切都明白了，我知道卡泽娅一定是改正了他所有的坏习惯和懒惰的个性，但是她是如何修整好了他的发型？——我真是太纳闷儿了。

安塔克没有停止画“尸体”，但是他也画乡村生活类型的画，并且获得了不小的成绩。他也画画像，但是，少有人问津，因为他总让人想起“尸体”。

凭着我们的老交情，我问过他是否和妻子过得幸福。他告诉我说自己从没想过会这么的幸福。我承认，从好的一方面讲，现在的卡泽娅确实让我刮目相看。

如果不是艾娃的身体变得有点虚弱的话，我也过得十分的幸福，另外，这个可怜的人儿的脾气变得易怒起来。有天晚上我还听到她的哭声。我知道这意味着什么。她渴望回到舞台上了。虽然她什么都没说，但是我知道她的内心很渴望。

我开始为潘妮·奥斯崔尼斯基画像。她真是个无与伦比美丽的女人！考虑到奥斯崔尼斯基不会阻止我为他的妻子画像的，要不是现在我深爱着艾娃，真不知道——

但是我非常爱艾娃，非常非常地爱！